suhrkamp taschenbuch 2595

»›Leb wohl‹, sagte Adele, ›ich liebe dich wirklich sehr.‹ ›Und ich dich‹, antwortete Helen, ›obwohl ich nicht soviel darüber rede.‹«

Drei junge Frauen, die einander in Boston und New York kennengelernt haben, fahren mit dem Schiff nach Europa und treffen sich viel später, als ihre Beziehungen bereits aufs äußerste gespannt sind, in Italien wieder. Gertrude Steins erster Roman, geschrieben 1903, aber erst vier Jahre nach ihrem Tod veröffentlicht, enthält nicht nur die schmerzlich ergiebige Beschreibung eines erotischen Dreiecks, sondern ist auch ein Schlüsselroman. Hinter Adele verbirgt sich Gertrude Stein, hinter Mabel und Helen zwei Freundinnen vom College.

Gertrude Stein, geboren 1874 in Alleghany, Pennsylvania. Von 1893 bis 1900 studierte sie in Baltimore Philosophie, ihr anschließendes Medizin- und Psychologiestudium brach sie ab und ging nach Europa. Seit 1903 lebte sie mit wenigen Unterbrechungen bis zu ihrem Tod 1946 in Paris.

Gertrude Stein

Q.E.D.

Aus dem Amerikanischen von
Marie-Anne Stiebel
und Ursula Michels-Wenz

Suhrkamp

Titel der Originalausgabe: *Q.E.D.*
Erstmals 1950 mit Veränderungen unter dem Titel
Things As They Are veröffentlicht.
Die Übersetzung folgt dem 1971 in dem Sammelband
Fernhurst, Q.E.D. and Other Early Writings veröffentlichten Text.
Umschlagfoto: Yale Collection of American Literature,
Beinecke Rare Book and Manuscript Library, Yale University

suhrkamp taschenbuch 2595
Erste Auflage 1996

Druck: Nomos Verlagsgesellschaft, Baden-Baden
Printed in Germany
Umschlag nach Entwürfen von
Willy Fleckhaus und Rolf Staudt

1 2 3 4 5 6 – 01 00 99 98 97 96

Buch I

Phöbe: Sag, guter Schäfer, diesem jungen Mann, was lieben heißt.

Silvius: Es heißt, aus Seufzern ganz bestehn und Tränen,
Wie ich für Phöbe.

Phöbe: Und ich für Ganymed.

Orlando: Und ich für Rosalinde.

Rosalinde: Und ich für keine Frau …

Silvius: Es heißt, aus nichts bestehn als Phantasie,
Aus nichts als Leidenschaft, aus nichts als Wünschen,
Ganz Anbetung, Ergebung und Gehorsam,
Ganz Demut, ganz Geduld und Ungeduld,
Ganz Reinheit, ganz Bewährung, ganz Gehorsam.
Und so bin ich für Phöbe.

Phöbe: Und so bin ich für Ganymed.

Orlando: Und so bin ich für Rosalinde.

Rosalinde: Und so bin ich für keine Frau.

Phöbe: Wenn dem so ist, was schmäht Ihr meine Liebe?

Silvius: Wenn dem so ist, was schmäht Ihr meine Liebe?

Orlando: Wenn dem so ist, was schmäht Ihr meine Liebe?

Rosalinde: Wem sagt Ihr das: »Was schmäht Ihr meine Liebe?«

Orlando: Der, die nicht hier ist, und die mich nicht hört.

Rosalinde: Ich bitte Euch, nichts mehr davon: es ist, als wenn die Wölfe gegen den Mond heulen.

WIE ES EUCH GEFÄLLT V, 2

ADELE

Der letzte Monat von Adeles Leben in Baltimore war eine solche Folge von aufreibenden Erlebnissen gewesen, daß sie beinahe bedauerte, den Dampfer nicht ganz für sich allein zu haben. Es war zwar sehr leicht, sich die übrigen Passagiere einfach als hölzerne Gegenstände zu denken; denn sicher gehörten sie zu einem wohlvertrauten Typus, der abstoßend war und von dem man sehr genau wußte, daß es nicht notwendig wäre, seine Existenz wahrzunehmen; aber an diesen beiden Personen, die ebenso wohlvertraut wären, wenn man ebenso wenig von ihnen wüßte, würden bei fortschreitender Bekanntschaft zweifellos große Bereiche unerforschter und unbekannter Eigenschaften voll neuer und fremdartiger Reize zutage treten. Ein wenig Bekanntschaft ist nichts Gefährliches, im Gegenteil, sie vermittelt das heitere Gefühl von Vollständigkeit und Befriedigung.

»Oh, ja«, sagte Adele am Morgen ihrer Abreise zu einer Freundin, »gerade jetzt wäre ich lieber allein, aber ich muß sagen, sie sind doch recht amüsant. Mabel Neathe kenne ich natürlich ziemlich gut, das heißt, wir haben keine sehr lebhafte Beziehung zueinander, aber wir haben schon viel Tee zusammen getrunken und sind dabei auf mehr oder weniger interessante Weise sentimental geworden. Was Helen Thomas betrifft, so kenne ich sie eigentlich gar nicht, obwohl wir einander mehrmals begegnet sind. Ihre Unterhaltung ist ganz vergnüglich, und sie erzählt gute Geschichten, aber sie liegt mir nicht besonders. Trotzdem glaube ich nicht, daß es ganz und gar aussichtslos ist. Nun ja, es ist halt schrecklich anstrengend, neue Länder, neue Menschen und neue Erfahrungen zu sehen, kennenzulernen und zu verstehen, und dabei alte Länder, alte Freunde und alte Erfahrungen weiter im Blick zu behalten, kennenzulernen und zu verstehen.«

Sie waren schon mehrere Tage auf dem Schiff und hatten gelernt, es sich sehr behaglich zu machen. Ihr Lieblingsaufenthalt hatte einige Nachteile. Er lag unmittelbar über der Dampferschraube, und jedesmal, wenn sie aus dem Wasser stieg, spürten sie die Erschütterung, aber das Wetter war nicht sehr stürmisch, und also geschah es nicht sehr häufig.

Alle drei waren sie im College erzogene Amerikanerinnen der wohlhabenderen Klasse, aber damit endete auch schon jede Ähnlichkeit zwischen ihnen. Ihre Erscheinung, ihr Auftreten und ihre Unterhaltung ließ sowohl in Art und Weise wie rein sachlich den Einfluß verschiedener Gegenden, verschiedener Vorfahren und verschiedener Familienideale erkennen. Sie waren ausgesprochen amerikanisch, aber zugleich trug jede von ihnen den Stempel einer der älteren Kulturen, unvollständig und unausgelebt in der amerikanischen Version, aber noch immer hervorstechend.

Die aufrechte Gestalt war die von Helen Thomas. Sie war die amerikanische Version der ansehnlichen jungen Engländerin. In ihrer idealen Vervollkommnung wäre sie von unaggressiver Entschlossenheit, ein klein wenig brutal und völlig unpersönlich gewesen, eine Frau mit Leidenschaften, aber ohne Gefühlsregungen, fähig zu ausdauerndem Einsatz, unfähig, etwas zu bedauern. In der amerikanischen Ausgabe lief es bestenfalls auf nicht mehr als tapfere Großtuerei hinaus. In der Kraft ihrer Jugend hielt Helen sich noch für das uneingeschränkte Ideal, verdächtigte sich noch nicht der Schwäche und hatte sich ihre Niederlagen noch niemals eingestanden.

Wie Mabel Neathe so auf dem Deck lag, den Kopf in Helens Schoß, verriet ihre linkisch unbehagliche Haltung und die Anspannung des langen eckigen Körpers ihre Neu England-Herkunft zur Genüge. Es ist eine der Eigenarten der amerikanischen Weiblichkeit, daß der Körper einer koketten Frau oft die Seele einer prüden umschließt und die eckige Form einer alten Jungfer oft besessen ist von der Naturkraft der Tropen. Mabel Neathe hatte den eckigen Körper einer alten Jungfer, doch das Gesicht erzählte eine andere Geschichte. Es war von blaß gelbbräunlicher Haut und durchsichtig an Schläfen und Stirn, schwer um den Mund, nicht vom Gewicht des Fleisches, sondern vom Zug der nicht vergeistigten Leidenschaft, die ständig übersättigt wurde und ständig ungestillt war. Das lange formlose Kinn betonte den Mangel an moralischer Bedeutung. Wäre der Umriß ein wenig straffer gewesen, so hätte das Gesicht boshaft ausgesehen. Es war ein Gesicht, das in idealer Vollendung zu den dekadenten Tagen italienischer Größe gepaßt hätte. Jetzt würde es nie mehr zum vollkommenen Ausdruck einer Natur werden, die subtil hassen und geschickt vergiften könnte. In der amerikanischen Frau hatte sich der Adel vulgarisiert und die Ausstrahlung geschwächt. Und da sie nichts Moralisches hinzugewonnen hatte und geschwächt war durch einen Mangel an entsprechender Entfaltung ihrer stärkeren Instinkte, äußerte sich diese Natur im Ausdruck eines Gesichts, das nicht mehr gefährlich, sondern unerleuchtet und unmoralisch aussah, aber den älteren aristokratischen Einsatz doch genügend andeutete, um es davor zu bewahren, nur noch verächtlich unehrenhaft zu sein.

Das dritte Mitglied hatte sich lässig, Gesicht nach unten, auf Deck ausgestreckt, mit der Freiheit der körperlichen Bewegung und dem einfachen Instinkt für das Bequeme, die an

ein Land der Trägheit und des Sonnenscheins denken ließen. Sie schmiegte sich dicht an die nackten Bohlen, als sei sie es gewohnt, die harte Erde durch liebevolle Zuwendung weich zu machen. Nur ein paar räkelnde Bewegungen, und schon hatte sie ihre ausladenden Rundungen den Unebenheiten der Deckplanken angepaßt, dann gab sie einen Seufzer der Befriedigung von sich und murmelte: »Wie gut ist es doch in der Sonne.«
Sie alle atmeten eine Zeitlang dieses Behagen ein, dann stützte sich Adele auf und setzte das unterbrochene Gespräch fort. »Natürlich bin ich nicht logisch«, sagte sie. »Logik ist reine Dummheit. Die ganze Pflicht des Menschen besteht darin, vernünftig und gerecht zu sein. Ich weiß, Mabel, du hältst das nicht gerade für ein genaues Porträt meiner selbst, aber trotzdem stimmt es. Ich bin vernünftig, weil ich den Unterschied zwischen Verstehen und Nichtverstehen kenne, und ich bin gerecht, weil ich über Dinge, die ich nicht verstehe, keine Meinung habe.«
»Das klingt wirklich sehr gut«, warf Helen ein, »aber irgendwie habe ich das Gefühl, daß du in deinen Worten gar nicht wirklich zum Ausdruck kommst. Mabel sagt mir, daß du dich für eine typische Vertreterin der Mittelklasse hältst, daß du vor allem die bürgerlichen Ideale bewunderst, und doch scheinst du zweifelsohne keine zu sein, weder in Gedanken noch in deinen Stellungnahmen. Wenn du ein solches Ausmaß an Nichtübereinstimmung vorweist, wie kannst du da erwarten, daß man dir glaubt?«
»Der Widerspruch ist nicht in mir«, sagte Adele, setzte sich hierzu auf und veranschaulichte ihr Argument durch lebhafte Gesten, »sondern in deinen verdrehten Gedanken. Du bist der törichten Ansicht, Mittelklasse sei gleichbedeutend mit Vulgärsein, die Ideale der Ehrbarkeit und des Anstands

zu lieben, sei durchschnittlich, und Kindern eine Mutter zu sein, sei minderwertig. Du sagst mir, ich sei nicht bürgerlich und könne an keines dieser Dinge glauben, weil ich nicht vulgär, durchschnittlich und minderwertig bin, und genau an diesem Punkt irrst du. Du begreifst nicht die wichtige Tatsache, daß Tugend und Laster beide vulgär sind, wenn sie nicht aus Leidenschaft verschenkt werden. Du glaubst, sie tragen unterschiedliche Energien in sich. Ja, das stimmt auch, weil sie in der Welt unterschiedlich bewertet werden, aber was ihre Relation zur Vulgarität angeht, so gilt sowohl für das Laster als auch für die Tugend, daß man nicht verkaufen kann, was leidenschaftlich verschenkt werden sollte ohne den selbstauferlegten Zwang zu vielen vulgären Handlungen, und es ist sehr gut möglich, daß man im Bemühen, der Vulgarität der Tugend auszuweichen auf einmal mitten in der Vulgarität des Lasters steckt. Lieber Himmel, da bin ich wieder am Ausgangspunkt angelangt, ich weiß offenbar nie, wann ich still sein muß, aber ihr beide wißt ja, daß ich die Fehler meines Stammes habe. Ich glaube an die heiligen Riten des Gesprächs, selbst wenn es ein Monolog ist.«

»Oh, sprich nur weiter«, sagte Mabel ruhig, »es ist unterhaltend, und wir wissen ja, daß du nicht daran glaubst.«

»Na, schön«,erwiderte Adele, »ihr glaubt, ich habe keine Prinzipien, weil ich alles hinnehme, wie es kommt, aber eben darin habt ihr unrecht. Ich sage: Man soll sich wieder und wieder beugen, aber man soll sich auch die Fähigkeit bewahren, seine aufrechte Stellung zurückzugewinnen, nur muß das jeder auf seine Art lernen. Ich spiele jetzt mit dem Sonnenschein.« Und dann folgte ein langes Schweigen.

Sie blieben ruhig im warmen Sonnenschein dort sitzen,

schauten hinaus auf den blauesten der blauen Ozeane, und der Wind modellierte sich in großen, warmen Schüben auf ihren Gesichtern. Schließlich richtete Mabel sich auf mit einem Seufzer. »Nein«, erklärte sie, »ich kann mir nicht länger einreden, daß es hier gemütlich ist. Ich habe es schon die ganze Zeit über nicht wirklich geglaubt, und die Erschütterung der Schraube ist unerträglich. Ich gehe zurück zu meinem Liegestuhl.« Daraufhin folgte zwischen Helen und Mabel das unvermeidliche Hin und Her von Angebot und Ablehnung der Begleitung, wie es die Höflichkeit verlangt, und jener ausgeklügelte Wortwechsel samt Erklärung, der sich immer dann anschließt, wenn weder Angebot noch Ablehnung aufrichtig sind. Zuletzt platzte Adele hinein mit einem ungeduldigen »Ich habe Gott ja schon immer gedankt, daß ich nicht als Frau geboren wurde«, worauf Mabel hastig ihre Decken zusammenraffte und über die Kajütentreppe verschwand.

Die beiden Übriggebliebenen ließen sich wieder ruhig nieder, doch irgendwie deutete das Schweigen leise an, was es besagte, daß sie nun gemeinsam allein waren. Dieses Bewußtwerden hatten beide so wenig erwartet, daß jede unsicher war, ob die andere es auch gemerkt habe. Schließlich hob Adele den Kopf und stützte sich auf den Ellbogen. Nach einer weiteren Schweigezeit begann sie sehr sanft zu reden, ohne ihre Gefährtin anzuschauen.

»Man hört soviel von der Unermeßlichkeit des Meeres, aber das ist ganz und gar nicht das Gefühl, das es mir gibt«, begann sie. »Meine Auseinandersetzung mit ihm liegt darin, daß es der am stärksten begrenzte Raum auf der Welt ist. Ein Zimmer, gerade groß genug, sich darin umzudrehen, ist unendlich viel größer. Auf dem Meer sein ist wie unter einer umgestülpten netten, sauberen weißen Schale sitzen. Alle

Umgrenzungen sind so klar und scharf. Es gibt kein Entkommen aus dem Wissen um die Grenzen deines Gefängnisses. Vermittelt es dir nicht auch das Gefühl eines unerträglichen Eingesperrtseins?« Sie blickte zu ihrer Gefährtin auf, die sie aufmerksam betrachtete, ihre Worte offensichtlich aber gar nicht gehört hatte. Einen Moment später setzte Helen das vorausgegangene Gespräch fort, als hätte es keinerlei Unterbrechung gegeben. »Erklär mir«, sagte sie, »was du eigentlich meinst, wenn du dich als bürgerlich bezeichnest. Aus dem Wenigen, was ich von dir weiß, glaube ich, daß du ganz recht hast, wenn du sagst, du seist vernünftig und gerecht, aber andere, ja sogar sich selbst verstehen, ist wohl das letzte, worum ein Durchschnittsbürger sich bemüht.« »Ich habe nie behauptet, intellektuell und in Wahrheit ein Durchschnittsbürger zu sein«, und Adele lächelte strahlend. »Ich mache vermutlich die Erfahrung aller Apostel: Die Klasse, für deren Sache ich predige, lehnt mich ab. Doch hat das nichts mit der Sache selbst zu tun. Ich behaupte nur, daß das bürgerliche Ideal, wonach man gütig, würdig, ehrlich und genügsam sein, Aufregungen meiden und Heiterkeit kultivieren sollte, ein Ideal ist, das mich anspricht, kurz, das Ideal eines herzlichen Familienlebens und ehrbarer Geschäftspraktiken.«

»Aber das heißt doch, deinem Plan der Dinge alle Leidenschaft nehmen!«

»Nicht die einfachen moralischen Leidenschaften, die gehören eindeutig dazu, aber mein Hauptargument ist eigentlich ein Protest gegen die Tendenz so vieler von euch, sich nur auf etwas einzulassen um der Erfahrung willen. Ich glaube fest, daß man etwas um einer Sache willen tun soll oder um einer bestimmten künftigen Wirkung willen, was das legitime Ergebnis jeder Erziehung ist. Aber Erfahrung für den

schäbigen Zweck, sie einfach gehabt zu haben, ist für mich ebenso trivial wie unmoralisch. Und was die Leidenschaft betrifft«, fügte sie zunehmend ernster werdend hinzu, »weißt du, davon verstehe ist nicht viel. Sie hat keine Realität für mich außer in zwei Variationen: Als liebevolle Kameradschaft einerseits und als körperliche Passion in mehr oder weniger komplexer Form andererseits, und vor dem Kultivieren der letzteren habe ich einen fast puritanischen Horror, der auch einen Widerstand gegen das Kultivieren der Leidenschaft in ihren vielen vermummten Erscheinungen miteinschließt. Ich habe so das Gefühl, als ob man, um zu etwas Wertvollerem fähig zu sein, die Kraft haben müsse, den anderen zu idealisieren, und offenbar habe ich nichts davon.«
Nach einer Pause erklärte Helen: »Deshalb kann auch ein so nachdenkliches und energisch geformtes Gesicht wie das deine fast ärgerlich ungelebt und jugendlich und auf eine fast alberne Weise glücklich und zufrieden aussehen.« Ein weiteres Schweigen folgte, und dann sagte Adele mit Überzeugung: »Ich könnte mich verbürgen, eine tüchtige Schülerin zu sein, wenn es möglich wäre, eine tüchtige Lehrerin zu finden.« Und dabei beließen sie es.

Während der langen müßigen Tage, die nun kamen, entfaltete sich zwischen den beiden allmählich eine herzliche Beziehung. Wenn Adele an den kühlen Abenden neben Helen auf Deck lag, schützte diese sie vor dem Wind und gestattete ihrer Hand, sanft auf ihrem Gesicht zu ruhen, und ihren Fingern, leicht um ihre Lippen zu spielen. Dann hatte Adele das dumpfe Empfinden von innerem Widerstand, ein Gefühl, daß sie, wäre sie nicht so träge, versuchen würde zu entscheiden, ob sie nachgeben oder widerstreben sollte, doch war sie zu müde zum Denken, zum Nachgeben oder Widerstreben, und also lag sie nur da, ganz ruhig, ganz benommen.

Die Beziehungen gestalteten sich so allmählich und sanft, daß allenfalls der feinste Beobachter eine Veränderung im Verhältnis der drei hätte bemerken können. Ihr Umgang blieb offensichtlich ziemlich so, wie er gewesen war. Es gab lange Unterhaltungen, bei denen Adele heftig und mit viel bildlicher Lebhaftigkeit ihre Ansichten und Theorien über Sitten, Menschen und Dinge auseinandersetzte, wobei sie in allem auf dauernden Widerstand von Helen stieß, die grundsätzlich und durchweg andere Überzeugungen, Ziele und Illusionen hatte.

Mabel hörte immer mit riesigem Vergnügen zu, als wäre das Ganze ein Theaterspiel und würde ihr zuliebe aufgeführt, und seltsamerweise war es, obgleich es den beiden Disputierenden mit ihren Reden und Gegenreden durchaus ernst war, tatsächlich ein Spiel und wurde ihr zuliebe aufgeführt.

Eines Nachmittags lag Adele in ihrem Liegestuhl und überließ sich einem Gefühl physischer Mattigkeit und der Enttäuschung über kürzlich erlittene Fehlschläge. Aufblickend sah sie Helen, die zu ihr herunterblickte. Adeles Ausdruck änderte sich. »Verzeihung«, sagte sie, »ich wußte nicht, daß jemand in der Nähe war. Entschuldige die Ungehörigkeit, daß ich mir erlaubt habe, den Bodensatz meiner Seele an der Oberfläche sichtbar werden zu lassen.« »Es ist an mir, um Verzeihung zu bitten, weil ich dich beobachtet habe,« antwortete Helen ernst. Adele schaute sie lange und in leidenschaftsloser Betrachtung an. »Ich habe bestimmt nicht erwartet, an dir ein so vornehmes und rücksichtsvolles

Wesen zu finden«, bemerkte sie ruhig. Da wurde Helen noch deutlicher: »Und ich habe bestimmt nicht erwartet, daß du mich so finden würdest.«
Dieser Gedankenaustausch ohne weitergehende Betonung ließ die beiden wie bisher gänzlich unberührt. Es war eine jeweils neutrale Feststellung, eine einfache Bemerkung über einen Vorfall. Die Zeit verging, und noch immer wechselten sie keine bedeutungsschweren Worte, Blicke oder Bewegungen und gaben sich kein Erkennungszeichen ihres Bewußtseins voneinander.
Eines Abends preßte Adele, wie sie so in der Dunkelheit dalag, mehr einer Andeutung als einem Impuls nachgebend, die spielenden Finger an ihre Lippen. Die Handlung war für sie selbst ganz ohne Emphase und ohne Bedeutung.
Am nächsten Abend, als sie sich in ihrer Schlafkoje hinlegte, erwachte sie plötzlich aus ihrer langen Gefühlsapathie. Zum ersten Mal erkannte sie, daß Helen Bewußtsein hatte, und begriff, wie völlig unwissend sie war, was dessen Ausmaß und Inhalte betraf. Darüber verfiel sie in langes Nachdenken. Schließlich begann sie sich selbst eine Erklärung zu geben. »Nein, ich verstehe es ganz und gar nicht«, sagte sie. »Es gibt so viele Möglichkeiten, und außerdem ist da noch Mabel«, und sie versank abermals in Nachdenken. Dieses nahm endlich Form an. »Natürlich, Helen läßt sich vielleicht nur treiben, wie ich mich habe treiben lassen, oder aber, sie ist neugierig und will sehen, wie weit ich gehe, bis mir meine Prinzipien in die Quere geraten, ja, ob sie mir überhaupt in die Quere geraten. Dann aber ist es doch kaum möglich, daß sie mich wirklich mag, oder spielt sie vielleicht ein ganz anderes Spiel? – Und außerdem ist da noch Mabel. Offenbar soll sie es nicht wissen, aber ist es dann echt? Und wenn schon. Aber ist Helen wirklich inter-

essiert oder tut sie's nur heimlich, weil sie gern geheimnisvoll ist? Bestimmt hat sie recht. Ich bin sehr unwissend. Wir sind hier jetzt zehn Tage ständig zusammen, und ich habe nicht mal die blasseste Vorstellung von ihr, nicht den kleinsten Schlüssel zu ihr oder ihren Gedanken. Ich muß schon sehr begriffsstutzig sein«, und sie schüttelte ganz betrübt den Kopf, »und morgen sind wir zum letzten Mal zusammen, und wahrscheinlich finde ich auch dann nichts heraus. Ich würde es so gern wissen«, dachte sie weiter, »aber ich sehe keinen Weg, keinen einzigen, es sei denn«, und sie lächelte vor sich hin, »es sei denn, ich frage sie und habe dann eben kein Mittel zu erfahren, ob sie mir wirklich die Wahrheit sagt. Sicher ist alles Eitelkeit, zumal ich mal geglaubt habe, ich verstünde etwas von Frauen«, und mit einem langen verwirrten Seufzer legte sie sich zum Schlafen zurecht.

Am nächsten Nachmittag ließ Adele Mabel zufrieden mit einem Buch allein und ging, innerlich auf Experimente eingestellt, mit Helen wieder zu ihrem Lieblingsausblick. Es war ein strahlender Tag, und Adele warf sich aufs Deck, beglückt von der Sonne und Bläue. Einen Augenblick lang sah sie zu Helen auf und fing dann an zu lachen, die Augen leuchtend vor Vergnügen. »Was gibt's?« fragte Helen. »Oh, nicht viel, ich dachte gerade, wie albern wir alle sind, Mabel, du und ich. Findest du nicht auch, daß wir ziemlich albern sind?« Es war nichts Spöttisches in ihrem Gesicht, nichts als einfache Belustigung.
Helens Gesicht gab keine Antwort, keinen Kommentar, aber gleich darauf schlug sie direkt mit Worten zu. »Ich fürchte«, sagte sie, »mit deiner Natur reichst du letztendlich nicht weit über die kleinen Leidenschaften hinaus. Du hast

so viel Angst, dein moralisches Gefühl zu verlieren, daß du nicht willens bist, es durch etwas Gefährlicheres mitzuschleppen, als durch eine schlammige Pfütze.«

Adele nahm dies freimütig auf, ihr Lächeln verwandelte sich in Nachdenklichkeit. »Ja, da ist was dran«, erwiderte sie, »aber wenn man schon ein moralisches Gefühl hat, ist es schließlich ja auch nicht notwendig, tollkühn damit umzugehen. Ich gebe dir recht, um ein, zwei Meilen damit zu schwimmen, wird es allemal taugen, aber es wäre gewiß der sichere Tod, es mitten im Meer loszulassen. Das ist kein heldenhafter Standpunkt, ich gebe das zu, aber mir war ja auch nie daran gelegen, eine Heldin zu sein. Andererseits«, fügte sie hinzu, »lege ich es nicht darauf an, Feigheit zu kultivieren. Ich frage mich –«, und dann hielt sie inne. Helen gab ihr eine Weile Zeit und verließ sie dann.

Adele sah noch lange hinaus auf das Wasser. »Ich frage mich«, wiederholte sie für sich selbst. Endlich kam es entschiedener heraus. »Ja, ich frage mich. Ich wundere mich. Es hat nicht viel Zweck, sich über Helen zu wundern. Ich weiß jetzt nicht mehr als vergangene Nacht, und wahrscheinlich bin ich auch nicht viel klüger. Sie gibt mir keine Anhaltspunkte, und der Schlüssel zu ihrer Verschlossenheit liegt sicher nicht in mir. Es kann doch nicht sein, daß ihr wirklich so viel daran liegt, daß es ins Gewicht fällt, nein, das ist nicht möglich«, und wieder versank sie in Schweigen.

Ihr Nachdenken nahm erneut Form an. »Was mich betrifft, ist es wieder mal ein leichtes Schwelgen in meinen oberflächlichen Emotionen, oder gibt es eine Möglichkeit, tatsächlich zu lernen, stärkere Gefühle zu verwirklichen? Wenn es das erste ist, will ich unverzüglich Einhalt gebieten und zwar sofort. Wenn es das zweite ist, will ich nicht ausweichen, nein, nicht für noch soviel moralisches Gefühl«, und sie lächelte sich zu. »Gewiß ist es sehr schwierig, das zu entscheiden.Es besteht ja die Wahrscheinlichkeit, daß es wieder nur eine weitere von vielen Schwelgereien ist, und deshalb, vermute ich, ist es wohl besser, Schluß zu machen und die Sache auf sich beruhen zu lassen. Dies ist unser letzter gemeinsamer Tag, wenn ich also redlich sein will, muß ich sofort Schluß machen.« Dann schob sie alles von sich und fand es noch längere Zeit sehr angenehm, mit der Helligkeit zu spielen. Schließlich ging sie nach vorn und schloß sich den anderen an. Sie setzte sich neben Helen nieder und änderte auf der Stelle ihre Meinung. Es war eigentlich ganz anders, ihr moralisches Gefühl hatte sein Gewicht verloren.

Helen war an diesem Abend während des ganzen langweiligen Dinners an der Table d'hôte sehr still. Die Last der Unterhaltung oblag Adele, und sie übernahm sie energisch. Nach dem Essen gingen sie alle zurück an ihren alten Platz. Es war eine herrliche Nacht, die letzte auf dem Schiff. Sie lagen auf Deck, die Sterne leuchtend über sich, während die weinfarbene See eilig hinter der pflügenden Schiffsschraube herfolgte. Helen blieb nach wie vor still, und Adele, die sich in langer Rede über das viel strahlendere kalifornische Sternenlicht ausließ und Mabel mit Begebenheiten aus ihrer Kindheit erfreute, überlegte die ganze Zeit über, während sie erzählte, ob Helen wirklich interessiert war.
»War ich grob heute nachmittag?« dachte sie wörtlich. »Und ist sie wirklich interessiert? Wenn ja, wäre es doch anständig von mir, ein Zeichen von Zerknirschung zu geben, denn wenn ihr etwas an mir liegt, bin ich aufs schmerz-

lichste beschämt, so leichthin reagiert zu haben; wenn aber nicht, wenn sie nur mit mir spielt, dann will ich mich auch nicht entschuldigen.« Ihr Sinn ging bedächtig zwischen diesen beiden Möglichkeiten hin und her. Sie war drauf und dran, sich zugunsten der großzügigeren zu entscheiden, als sie Helens Hand mit sanftem Druck über ihre Augen streichen fühlte. Sofort schwand die niedrigere Auslegung völlig aus ihren Gedanken. Sie war überzeugt von Helens seltener Gefühlsstärke und Großherzigkeit. Da erkannte sie zum erstenmal, daß sie einander brauchten.

Die Nacht wurde stetig kälter, klarer und immer schöner. Endlich ließ Mabel die beiden allein. Sie rückten näher zueinander, und nach einer kleinen Weile begann Adele zu fragen. »Du warst sehr großzügig«, sagte sie, »erzähl mir, wie sehr bist du an mir interessiert?« »An dir interessiert, meine Liebe«, antwortete Helen, »mehr als du weißt und weniger als du denkst.« Dann setzte sie ziemlich abrupt hinzu: »Adele, mir scheint du bist zu wirklich echter Freundschaft fähig. Du bist gleichzeitig unbefangen in deinen Urteilen und loyal in deinen Gefühlen. Sag, wollen wir Freundinnen sein?« Adele nahm dies sehr nachdenklich auf. »Normalerweise weiß man sehr genau, wann es keine Chance gibt, daß aus einer Bekanntschaft eine Freundschaft wird, aber andererseits ist es unmöglich, in einem gegebenen Fall zu sagen, ob es eine gibt. Ich weiß es wirklich nicht«, sagte sie. Helen antwortete mit leidenschaftlicher Wärme. »Ich habe Achtung vor deiner Aufrichtigkeit.« »Ach, Aufrichtigkeit«, entgegnete Adele leichthin. »Aufrichtigkeit ist eine selbstsüchtige Tugend. Ja, ich bin hinreichend aufrichtig.« Nach einer langen Pause begann sie wieder gedankenvoll, »Ich frage mich, ob eine von uns beiden die leiseste Ahnung hat, was im Kopf der anderen vorgeht.« »Das heißt, du hältst mich für sehr schlecht?« fragte Helen. »Oh, nein«, erwiderte Adele. »Ich weiß wirklich nicht genug von dir, um zu wissen, ob du schlecht bist oder nicht. Verzeih mir, ich will nicht grob sein«, fügte sie ernst hinzu, »aber ich weiß es wirklich nicht.«

Eine lange Stille trat ein, und Adele sah forschend hoch zu den Sternen. Plötzlich fühlte sie sich heftig auf Augen und Lippen geküßt. Sie spürte verschwommen, daß sie teilnahmslos war und nicht reagierte. Eine weitere Stille folgte. Helen sah unverwandt auf sie nieder. »Nun!« brachte sie schließlich hervor. »Ach«, begann Adele langsam, »ich habe nur nachgedacht.« »Hast du jemals lange genug aufgehört zu denken, um überhaupt zu fühlen?« fragte Helen mit großem Ernst. Langsam verneinend schüttelte Adele den Kopf. »Ich vermute«, sagte sie dann, »wenn man dabei nicht denken kann, werde ich das Kunststück des Fühlens nie zustandebringen. Ich denke immer. Ich kann mir nicht vorstellen, wie man damit aufhören soll. Denken ist ein ziemlich unablässiger Prozeß. Zu manchen Zeiten ist er aktiver als zu anderen, aber er ist so ziemlich immer vorhanden.« »In diesem Fall überlasse ich dich besser deinen Gedanken«, entschied Helen. »Ach, geh nicht weg«, rief Adele, »ich will keine Bewegung.« »Warum nicht?« fragte Helen. »Nun«, versuchte Adele zu erklären, »ich glaube, einfach aus Trägheit.« »Ich muß wirklich gehen«, wiederholte Helen sanft, in ihrer Stimme und ihren Bewegungen war keinerlei Schroffheit. Adele setzte sich auf, Helen beugte sich nieder, küßte sie herzlich und ging.

Adele saß eine Weile völlig benommen da. Schließlich schüttelte sie zweifelnd den Kopf und murmelte: »Ich frage mich, ob es Trägheit war.«
Noch eine Zeitlang saß sie inmitten der durcheinander geworfenen Wolldecken und sagte schließlich mit einem weiteren zweifelnden Kopfschütteln in gespielter Traurigkeit: »Ich habe die unnützen Sterne gefragt, und sie gaben mir keine Antwort. Ich fürchte, das alles ist zu viel für mich«, und dann hörte sie auf zu denken. Die wohltuende Nacht betrachtend, verhielt sie sich noch eine Weile still. Endlich raffte sie die Decken zusammen und begann, nach unten zu gehen. Plötzlich hielt sie an und ließ sich schwer auf eine Bank fallen. »Nun ja«, sagte sie im Ton angespannter Interessiertheit, »es ist ein bißchen wie Mathematik, mit einem Mal geht es von selbst, und man beginnt zu verstehen«, und dann lachte sie. »Ich fürchte, Helen würde nicht viel davon halten, wenn es nur ums Verstehen ginge. Jedenfalls habe ich noch nie auch nur gedacht, ich würde es einmal verstehen, und jetzt glaube ich wirklich, ich beginne zu verstehen. Ja, es ist sehr seltsam, aber offensichtlich beginne ich tatsächlich zu verstehen.«

Während des ganzen Sommers verlor Adele nicht das Gefühl, verstanden zu haben, doch vertiefte sich ihre Einsicht auch nicht. Sie brütete ausgiebig über diesem Problem, und es endete stets mit kindlichem Stolz auf den Refrain »Ein wenig hab ich verstanden, bestimmt hab ich einen Schimmer erhascht.«

Daran dachte sie, als sie und ihr Cousin an den Abenden auf den Hügeln von Tanger lagen und sich völlig heimisch fühlten unter den Mauren und Mohren, die sich in ihren weißen

Gewändern im Gras auf und ab bewegten wie lauter gespensterhafte Kaninchen. Wie sie so dalagen, einig oder uneinig in endlosen Gesprächen, mit einer intensiven Aufmerksamkeit, die lange Vertrautheit keineswegs gemindert hatte, unterbrochen durch ein Sichgehenlassen in ausgiebigen Albernheiten und erinnerungweckenden Späßen, da genoß sie das Gefühl familiär-vertrauter Freundschaft in vollen Zügen. Sie spürte, daß ihr Schimmer mit alledem nichts zu tun hatte. Er gehörte zu einer anderen, weniger vergnüglichen und mehr unvollständigen Gefühlswelt. Diese hier erhellte er nicht, war aber, obwohl an sich nicht sehr verlockend, wie sie am Ende einer ihrer nichtklärenden Diskussionen über dieses Thema zu sich selbst bemerkte, doch »etwas, was man kennen muß. Es ist beinahe eine Pflicht.«

Im Hof der Alhambra sitzend, die zu den Mauerspalten ein- und ausfliegenden Schwalben beobachtend, im sanften, von Myrten- und Oleanderduft durchsetzten Lufthauch badend, das Gesicht und die Innenfläche ihrer Hände der heißen Sonne aussetzend und sich selbst in diesem sinnlichen Entzücken verlierend, murmelte sie immer wieder: »Nein, das ist nicht alles, es gibt noch mehr, etwas anderes. Ich habe es noch nicht wirklich gefühlt, aber einen Schimmer davon habe ich erhascht.«

Eines Tages saß sie an einem Abhang und schaute hinunter auf das verlassen in der Mittagssonne liegende Granada. Ein kleines spanisches Mädchen, das einen schweren Sack trug, erklomm den ausgetrockneten braunen Hügel. Als es näher kam, lächelten sie einander zu und grüßten sich. Das Kind setzte sich neben sie. Es gehörte zu jenen mütterlichen kleinen Frauen, die man in dieser Schicht so oft findet, ganz sanfte Würde und weibliche Verantwortung.

Da saßen sie Seite an Seite im Gefühl vollkommener Kameradschaft und blickten einander in tiefstem Einvernehmen an. Ihr Umgang war frei vom Austausch irgendwelcher Gemeinplätze, weil keine der anderen Sprache konnte. Sie saßen eine Weile da, erhoben sich schließlich und gingen zusammen weiter. Dann trennten sie sich, wie stille Freunde auseinandergehen, und solange sie noch beide in Sichtweite waren, drehten sie sich immer wieder um und winkten sich freundlich zum Abschied zu.
Nachdem ihre Kameradin verschwunden war, kehrte Adele zu ihren vordringlichen Gedanken zurück. »Eine einfache Erfahrung wie diese ist durchaus vollkommen. Kann meine neue Einsicht mir echtere Freuden schenken?« fragte sie und sagte: »Das bezweifle ich sehr. Sie vertieft ja solche Erfahrungen nicht, vielmehr kommt sie mir ziemlich ärgerlich in die Quere und stört meine glückliche Seelenruhe. Himmel, was für eine Egoistin ich bin!« rief sie aus und gab sich ganz dem Sonnenschein auf dem Hügel hin.

Später lag sie auf dem Boden und las wieder einmal Dantes *Vita Nuova*. Sie verlor sich völlig in der Geschichte von Dante und Beatrice und las sie ganz vertieft und anteilnehmend, denn jetzt schien sie ihr göttlich erleuchtet. In überschwenglicher Freude genoß sie ihr neues Verstehen und rief triumphierend: »Endlich beginne ich zu begreifen, was Dante erzählt, also ist etwas dran an meinem Schimmer, und es ist recht so und die Sache wert«, und sie spürte in sich eine große Zufriedenheit.

Buch II

MABEL NEATHE

1

Mabel Neathes Zimmer kam der Gewohnheit vielstündiger friedfertiger Entspannung restlos entgegen. Sie verfügte über eine außergewöhnliche Begabung für Atmosphäre. Das sehr gut geschnittene Zimmer mit dunklen Wänden, aber nur mittelmäßiger Möblierung und Ausstattung war mehr als geglückt unaufdringlich und hatte durchaus Qualität. Es hatte immer genau die richtige Menge an Licht, die notwendig ist, um das Einander-Beobachten angenehm zu machen und die Ausstattung dabei im Dunkeln zu lassen oder vielmehr ein Vertrauen zu wecken darauf, daß sie gut wäre.

Für Räume gilt wie für Menschen, daß sie zwangsläufig einen guten Aspekt haben, und wie die Französin sich auf diesen Aspekt hin kleidet, so daß der Beobachter nur dies eine und nichts anderes sieht, hatte Mabel Neathe ihr Zimmer derart eingerichtet, daß man sich gegenseitiger Gesellschaft erfreuen konnte und nur den schönen Kamin bewußt wahrnahm.

Das wesentliche Element aber in der Geglücktheit des Zimmers als Atmosphäre bestand aus Mabels Persönlichkeit. Der Durchschnittsgast brachte dies durch die Bemerkung zum Ausdruck, daß sie eine perfekte Gastgeberin sei, die geistesverwandteren Beobachter hingegen artikulierten es so: Das Entscheidende sei nicht, daß sie die Umgangsformen einer perfekten Gastgeberin, sondern die unaufdringlicheren guten Umgangsformen eines Gentleman habe.

Der auserwählte Kreis, und das waren eher ein paar Individuen als eine Gruppe, fand diese Feststellung unangemessen, obwohl es allen überaus schwierig vorkam, ihr Empfinden zu verdeutlichen. Ein italienischer Typus solcher Art, frustriert durch das Umfeld einer leidenschaftslosen und moralischen Gesellschaft, mußte notwendig mißdeutet werden, wenngleich man seinen Charme schätzte. Mabels Vorfahren lieferten keinerlei Erklärung für ihren Charakter. Ihre Verwandschaft mit dem dekadenten Italien war rein geistig.

Die Fähigkeit, sich selbst mit ihrem Zimmer in zurückhaltender und perfekter Ausgeglichenheit zu einem Zusammenklang zu bringen, war die vollständigste Eigenart dieser Verwandschaft, die Mabels moderne Umgebung entwickelt hatte. Alles andere lief letztendlich auf ein Scheitern hinaus, Scheitern als Energie, Scheitern als Individuum. Trotz aller Intensität gelang es ihren Leidenschaften nicht, sich der Objekte ihres Begehrens wirksam zu bemächtigen. Der Subtilität und Unpersönlichkeit ihrer Atmosphäre, die in einer anerkannten Machtposition von bezwingender Anziehungskraft gewesen wäre, mangelte es hier, in einer Gemeinschaft von Gleichen, wo es nichts Geheimnisvolles geben konnte, weil der Suchende völlig frei war zu suchen, an der vitalen Kraft, die zum Siegen notwendig ist. Obwohl Mabel keine Skrupel hatte, waren die Waffen, die sie einsetzte, doch zu zerbrechlich und spröde, sie konnten jederzeit von einem energischen Aufpasser in Stücke geschlagen werden.

Moderne Situationen halten niemals lange genug vor, um subtile und ausgeklügelte Methoden erfolgreich werden zu lassen. Bis sie anfangen, Ergebnisse zu zeitigen, ist der Anlaß vergessen. Überdies muß Subtilität, damit man über effiziente Macht verfügt, als gefährlich begriffen werden, und die moderne Welt ist ein schwieriger Ort, wenn man auf subtile Weise gefährlich sein möchte, die Risiken sind zu groß. Heute bezwingt Mabel vielleicht, indem sie Mitleid einflößt, niemals könnte sie in ihrer Welt bezwingen, indem sie Furcht einflößte.

Adele war eine Zeitlang eine von Mabels wenigen Auserwählten gewesen. Ihre Freude an behaglicher Ungezwungenheit und ihr gewohnheitsmäßig unbegrenzter Müßiggang in Verbindung mit ihrer lebhaften Persönlichkeit und einer Fähigkeit zur endlosen und malerischen Analyse alles Menschlichen hatten einen Anspruch festgesetzt, den ihr Instinkt für Intimität ohne Vertraulichkeit und ihre bereitwillige Anpassung an die nötige Unpersönlichkeit, die eine Beziehung zu Mabel erforderte, noch verstärkt hatten.

»Es ist mehr oder weniger langweilig zurückzukehren, wo wir doch alle übereinstimmen, daß Baltimore nicht gerade die Stadt ist, in der man leben kann, auch wenn diese alte Gewohnheit sicher sehr angenehm ist«, bemerkte sie, während sie sich bequem auf der Couch ausstreckte, »und schließlich ist es weit eher möglich, solche Freuden zu pflegen, wenn eine Stadt nicht unbändig aufregend ist. Nein, mein Tee ist heute nichts Rechtes«, sagte sie weiter. »Es lohnt sich, ungehalten zu werden, weißt du, wenn die Möglichkeit zu vollendetem Genuß besteht, ansonsten ist jeder kalte Kaffee gut genug. Wie dem auch sei, was nützt schon irgend etwas, solange es nicht Spanien ist? Da mußt du wirklich mal hingehen.« Und sie fuhren fort, bei diesem ihrem ersten Treffen das Beste aus ihren jüngsten Erfahrungen zu machen.

»Bist du nach deiner Landung lange in New York geblieben?« fragte Mabel schließlich. »Nur ein paar Tage«, erwiderte Adele. »Ich nehme an, Helen hat dir geschrieben, daß ich sie kurz gesehen habe. Wir waren zusammen zum

Lunch, ehe ich meinen Zug nahm«, fügte sie hinzu, wobei sie sich der Verlegenheit bewußt war, die jenes Treffen in ihr hervorgerufen hatte. »Du hattest nicht damit gerechnet, daß du sie so gern haben würdest, nicht war?« vermutete Mabel. »Ich erinnere mich, daß du immer sagtest, sie würde auf dich einen beinahe groben und eher dekadenten Eindruck machen, und du fändest sie nicht mal interessant. Und du weißt ja«, setzte sie hinzu, »wie sehr Dekadenz dir mißfällt.«

Adele begegnete ihr mit offener Herausforderung. »Natürlich habe ich das gesagt und nehme es auch jetzt nicht zurück. Ich bin alles andere als sicher, daß sie nicht grob und dekadent dazu ist, und keine dieser beiden Eigenschaften billige ich. Ich gebe allerdings zu, daß sie interessant ist, zumindest als Charakter. Was sie redet, interessiert mich nicht mehr als bisher«, und dann, dem Spiel noch kühner die Stirn bietend, fuhr sie fort, »aber weißt du, ich weiß wirklich sehr wenig von ihr, außer daß sie ihre Eltern nicht mag und ziemlich viel Wert auf Gesellschaft legt. Gibt es da sonst noch was?«

Mabel zeichnete ein sehr unerfreuliches Bild dieser Eltern. Ihre Schilderung des Vaters als eines erfolgreichen Anwalts und Richters, eines extrem brutalen und zugleich kleingeistigen Mannes, der großen Scharfsinn daransetzte, sich unbeliebt zu machen, war nicht gerade gewinnend, ebensowenig diejenige der Mutter, die sehr religiös war und den überwiegenden Teil ihrer Zeit mit der Trauer darüber zubrachte, daß nicht Helen ihr genommen worden war statt der anderen, eines Mädchens und eines Knaben, die sie als süße nette Kinder in Erinnerung hatte.

Eines Tages, als Helen noch ein junges Mädchen war, hatte sie ihre Mutter zum Vater sagen hören: »Ist es nicht traurig, daß ausgerechnet Helen als einzige übriggeblieben ist?«

Mabel schilderte die Versuche der Eltern, Helens Willen zu

brechen, und ihren Ärger über den ausbleibenden Erfolg. »Und jetzt«, fuhr sie fort, »haben sie gegen alles, was sie tut, etwas einzuwenden, gegen ihre Freunde und gegen alles, woran sie interessiert ist. Mrs. T. hält immer zu ihrem Mann. Natürlich sind sie stolz auf Helens gutes Aussehen, ihre Klugheit und den gesellschaftlichen Erfolg, aber sie will eben nicht heiraten und macht sich nichts daraus, den Leuten zu gefallen, mit denen ihre Eltern sie gerne zusammen sähen. Inzwischen wagen sie schon gar nicht mehr, ihr noch irgend etwas zu sagen, weil sie sehr viel besser als ihre Eltern Dinge sagen kann, die verletzen.«
»Ich nehme an, es besteht wenig Zweifel, daß Helen ungewöhnlich garstig sein kann, wenn sie will«, lachte Adele, »und wenn sie nicht empfänglich für anderer Leute Schmerzen ist, mag aus dem Talent, mit so erbitterter Schlagfertigkeit Erfolg zu haben, eine Angewohnheit werden, die sie zu einer höchst unangenehmen Tochter macht. Ich glaube, ich könnte die Alten bemitleiden, wenn sie mir ihren Kummer anvertrauten. Übrigens spricht Helen von ihnen nicht, wie Kinder normalerweise von ihren Eltern sprechen, sie spricht immer von Mr. und Mrs. T.«. »Oh, ja«, erklärte Mabel, »sie wahren die übliche Form.«
»Ein komisches Spiel«, bemerkte Adele hierzu, »wenn man wie ich aus einer Sippe kommt, in der alle, egal wieviel sie streiten oder differieren, eine starke Familienanhänglichkeit und großen Respekt vor den Blutsbanden haben. Ich kann es nur schwer begreifen.« »Ja, da bringst du wieder deine bürgerlichen Ideale hinein«, konterte Mabel.
Dann lobte sie Helens Mut und Verwegenheit. »Immer wenn es ein Problem mit den Pferden gibt oder wenn sonst etwas Gefährliches zu tun ist, rufen sie nach Helen. Ihr Vater ist auch in Geldangelegenheiten sehr kleingeistig. Er gibt

ihr ganz wenig, und wenn irgend etwas am Wagen passiert, während sie damit unterwegs ist, läßt er sie zahlen, und sie muß zusehen, wie sie das Geld kriegt. Ihr Mut verläßt sie nie, und was ihren Vater so verbittert, ist, daß sie kein Zeichen von Unterwerfung gibt und, wenn sie sich einmal entschlossen hat, etwas zu tun, durchaus rücksichtslos ist, nichts kann sie halten.«

»Das klingt ja ganz furchtbar«, spottete Adele. »Da ich selbst nicht aus einer heroischen Zucht stamme, kann ich mir diesen Typus außerhalb der Bücherwelt irgendwie nicht recht vergegenwärtigen. Im wirklichen Leben scheint diese Sorte Mensch nicht sehr wirklich zu sein, aber ich denke, das ist in Ordnung so. Helen hat Mut, das bezweifle ich nicht.«

Daraufhin schilderte Mabel Helens bemerkenswerte Ausdauer im Ertragen von Schmerzen. Eines Tages war sie von einem Heuhaufen heruntergefallen und hatte sich den Arm gebrochen. Als sie nach Hause kam, wurde ihr Vater so wütend, daß er den Arm eine Zeitlang nicht behandeln ließ, und sie trotzte ihm tapfer bis zuletzt. »Sie zuckt nicht mit der Wimper und jammert nie, egal wie schwer verletzt sie ist«, schloß Mabel. »Ja, das glaube ich wohl«, antwortete Adele nachdenklich.

Durch Mabels gesamte Erzählung von Helen zog sich ein stillschweigender Besitzanspruch, den Adele ganz außerordentlich irritierend fand. Sie nahm an, daß Mabel ein Recht dazu hatte, fand in diesem Gedanken aber wenig Trost.

Mit fortschreitendem Winter unternahm Adele häufig Ausflüge nach New York. Immer verbrachte sie eine gewisse Zeit mit Helen. Aus einem unbestimmten Grund herrschte in ihrer Beziehung ein Übereinkommen zur Heimlichtuerei. Anscheinend verliehen sie auf diese Weise ihrer Absicht Nachdruck, die Sache ganz allein unter sich auszumachen. Doch war die Notwendigkeit dieser Heimlichtuerei Adele offenbar nur dann bewußt, wenn sie beisammen waren. Sie spürte keinerlei Verpflichtung, das Verhältnis vor ihren Freundinnen zu verbergen.

Sie planten ihre Zusammenkünfte in Museen oder im Park und variierten sie ab und zu durch ein gemeinsames Mittagessen und endlose Spaziergänge in den langen geradlinigen Straßen. Adele wohnte immer bei Verwandten und Freunden, und obwohl es keinen Grund gab, weshalb Helen sie dort nicht hätte besuchen sollen, schien irgend etwas doch irgendwie dafür herzuhalten. Und was Helens Zuhause betraf, so schien es stillschweigend ausgemacht zwischen ihnen, daß sie ihre Situation nicht durch irgendwelche Beziehungen zu Helens Familie komplizieren sollten, weshalb sie ihre unbehausten Spaziergänge fortsetzten.

Adele verwandte einen Großteil ihrer gemeinsamen Zeit darauf, das Ergebnis ihrer unaufhörlichen Meditationen mit großem Engagement vorzutragen. Sie kritisierte und prüfte sich selbst und ihre Gedanken mit nie ermüdender Aufmerksamkeit. »Helen«, sagte sie eines Tages, » ich hatte immer den Eindruck, daß du viel redest, aber offensichtlich bist du ein höchst schweigsames Wesen. Was ist los? Rede ich so hoffnungslos viel, daß du dich von dieser Gewohnheit abbringen läßt?« »Nein«, antwortete Helen, »wenngleich ich schon zugeben muß, daß man dich als ein warnendes Beispiel betrachten könnte, aber wirklich, ich bin sehr schweigsam, wenn ich jemanden gut kenne. Ich rede nur, wenn ich mit oberflächlichen Bekannten zusammen bin.« Adele lachte. »Um des malerischen Effekts willen bin ich versucht zu sagen, daß ich in dieser Hinsicht das genaue

Gegenteil von dir bin, aber die Ehrlichkeit zwingt mich, eine erstaunliche Gleichmäßigkeit an mir einzugestehen. Ich wüßte nicht, daß die Quantität stark von irgendwelchen Bedingungen beeinflußt würde, unter denen ich mich befinde – aber wirklich, Helen, warum redest du so wenig mit mir?« »Weil du ziemlich gut weißt, daß du an meinen Gedanken gar nicht interessiert bist, ja, daß sie dich eigentlich langweilen. Das ist immer sehr deutlich zum Vorschein gekommen. Weißt du«, fuhr Helen zärtlich fort, »du hast nicht viel Talent, deine Gefühle und Eindrücke zu verbergen.« Adele lächelte. »Ja, da hast du sicherlich recht, das meiste, was du sagst, langweilt mich tatsächlich«, gab sie zu, »aber nur deshalb, weil es um irgendwelches Zeug geht, das dich nicht wirklich interessiert. Du machst dir eigentlich nichts aus allgemeinen Ideen und Kunstwerten und der Entwicklung in der Musik und chirurgischen Operationen und weiß der Himmel was allem, also interessiert es mich natürlich nicht, was du zu diesen Dingen sagst. Keine Aussage ist interessant, die man nicht selbst erarbeitet hat. Ich weiß, ich langweile mich immer unsäglich, wenn ich die Gedanken ausspreche, die ich mir einige Zeit zuvor erarbeitet habe und die mir nicht länger bedeutend erscheinen, denn sogar beim Sich-selbst-Zitieren fehlt einem dann der Geschmack von Realität. Aber du, du gibst mir immer das Gefühl, zu keiner Zeit überhaupt die Gedanken gehabt zu haben, die du im Gespräch äußerst. Sicher muß man dich furchtbar hart treffen, um das Eigentliche in dir an die Oberfläche zu rütteln.«

Diese Zusammenkünfte waren bald nicht mehr möglich. Es wurde kalt und unwirtlich und konnte offensichtlich nicht weitergehen wie bisher. Und doch brachte es keine von bei-

den fertig, das Übereinkommen zur Heimlichtuerei zu durchbrechen, das sie hinsichtlich der Umstände ihrer Beziehung so restlos eingehalten hatten.
Eines Tages, nachdem sie gemeinsam zum Lunch gewesen waren, hatten sie beide das deutliche Gefühl, daß Restaurants nicht länger amüsant waren. Sie wollten sich nicht mehr dort aufhalten, aber draußen war ein unangenehmer, nasser Schneesturm, es war dunkel und düster, und die Straßen waren matschig. Da hatte Helen eine plötzliche Eingebung. »Komm, laß uns Jane Fairfield besuchen«, sagte sie, »du kennst sie natürlich nicht, aber das macht nichts. Sie ist etwas verrückt und wird dich interessieren – und du bist etwas verrückt und wirst sie interessieren. Ach! Deine Einwände will ich nicht hören, du *bist* etwas verrückt und interessant, auch wenn du es nicht weißt, und du magst etwas verrückte und interessante Leute, auch wenn du glaubst, es sei nicht so, und du bist kein bißchen schüchtern, trotz deiner Überzeugung vom Gegenteil, also komm mit.« Adele lachte und war einverstanden.
Sie stiegen bis unters Dach eines nicht endenden New Yorker Apartmenthauses hinauf. Es war eines jener Art, die offenbar aus einer endlosen Anzahl noch unfertiger Schachteln in allen Größen besteht, gestapelt zu einem Riesenquader, in dessen Mitte ein Aufzugsschacht ausgespart ist. Um diese Häuser ist eine merkwürdige Wirkung von bloßliegendem Holz und unverputzten Nägeln, und noch so viel Polsterung kann diese hohle Nacktheit nicht wirklich zudecken.
Jane Fairfield war nicht zu Hause, aber der Liftboy ließ sie vertrauensvoll in die Wohnung zum Warten. Sie sahen aus den Fenstern auf die Stadt, die sich ganz trostlos und naß und weiß bis zum Fluß hin erstreckte, und beobachteten die

langen Geleise der S-Bahn, die eine so wunderbare Perspektive ergaben, daß sie scheinbar niemals verschwand, sondern nur unendlich zusammenlief.
Schließlich setzten sie sich auf die Couch, ließen ihrer Gastgeberin gerade noch eine Viertelstunde bis zur Rückkehr, und dann passierte etwas, was Adele zum ersten Mal erlebte und an dessen Anfänge sie keine deutliche Erinnerung hatte. Sie fand erst zu sich am Ende einer leidenschaftlichen Umarmung.

Einige Wochen danach, als Adele wieder nach New York kam, vereinbarten sie, sich bei Helen zu treffen. Es war ausgemacht worden wie etwas ganz Selbstverständliches, als ob man nie Bedenken gegen diesen Schritt gehabt hätte. Adele lachte vor sich hin, wenn sie daran dachte. »Warum wir es bisher nicht getan haben, und warum wir es jetzt tun, ist mir gleichermaßen rätselhaft«, sagte sie und zuckte mit den Schultern. »Allah ist groß, Mohammed ist kein Aufschneider. Obwohl ich den dunklen Verdacht habe, daß er es manchmal doch ist.«
Als die Zeit kam, ihre Verabredung einzuhalten, zögerte Adele eine Zeitlang, hinzugehen, und blieb auf der Couch ihrer Freundin liegen mit der Bitte, aufgehalten zu werden. Sie erkannte, daß die sichere Stütze, die sie an ihrer eigenen offenen Fröhlichkeit und unbekümmerten Heiterkeit hatte, schwächer geworden war. Fast hatte sie das Verlangen, ganz wegzubleiben, so sehr fürchtete sie emotionale Verwicklungen. »Ach, bitte Frieden und ein ruhiges Leben!« stöhnte sie, als sie an Helens Tür klingelte.
In Helens Zimmer fand sie eine Nachricht vor mit der Erklärung, sie sei, beunruhigt, da die Stunde der Verabredung so weit überschritten wäre, ins Museum gegangen. Adele

habe die Abmachung womöglich mißverstanden. Wenn sie komme, solle sie warten. »Zu schlimm, daß ich so lange herumgealbert habe«, sagte sich Adele ernsthaft und ließ sich friedlich nieder, um zu lesen.

»Es tut mir schrecklich leid«, begrüßte Adele Helen, als diese ziemlich angespannt das Zimmer betrat, »es kam mir gar nicht in den Sinn, daß du dir Sorgen machen könntest, es war nur Saumseligkeit meinerseits«, und dann setzten sie sich hin. Nach einer Weile kam Helen und setzte sich auf die Armlehne von Adeles Stuhl. Sie nahm ihren Kopf zwischen angespannte Arme und sah ihr mit einem langen direkten Blick, der sich zu einer Frage konzentrierte, tief in die Augen. »Hast du mir nichts zu sagen?« fragte sie schließlich.

»Wieso, nein, nichts Besonderes«, antwortete Adele bedächtig. Einen Augenblick lang begegnete sie Helens Blick, erwiderte ihn mit argloser Freundlichkeit und entzog sich ihm dann.

»Du bist sehr ritterlich«, sagte Helen mit trauriger Selbstverachtung. »Du merkst, daß eigentlich irgendein Schamgefühl zwischen uns stehen müßte, und da ich keines habe, nimmst du großzügig alles auf dich.« »Nein, ich bin nicht ritterlich«, entgegnete Adele, »aber ich kenne meine Schwächen. Ich weiß, daß ich immer ewig lange brauche, bis ich wirklich irgendwo ankomme, und daß die Geschwindigkeit meiner oberflächlichen Wahrnehmung verhindert, daß sie, die Wahrnehmung, zur Kenntnis genommen wird. Es ist sicherlich alles meine Schuld. Ich bin so überaus irreführend. Ich wecke falsche Erwartungen. Siehst du«, fuhr sie fort und begegnete ihr wieder mit angenehmer Freundlichkeit, »du hast noch lange nicht gelernt, daß ich ungestüm und zugleich langsam im Denken bin.«

Die Zeit verging, und sie nahmen ihre gewohnten planlosen Zusammenkünfte an öffentlichen Orten wieder auf, aber es war nicht mehr das gleiche wie zuvor. Zwischen ihnen stand nun ein Bewußtsein von Befangenheit, ein Gefühl neuer Abstimmung aufeinander, ungewisser Regeln und sich verändernder Werte.

Helen war geduldig, ließ sich aber gelegentlich zu schneidender Kritik hinreißen, Adele war reizbar und sprunghaft, schloß aber immer mit einer freimütigen, fast unverblümten Entschuldigung für ihre Unzulänglichkeit.

Im Lauf der Zeit vereinbarten sie wieder, sich in Helens Zimmer zu treffen. Es war ein nasser Tag mit Regen und Graupelschauern, und Adele fühlte sich erstarrt und teilnahmslos. Sie warf ihren Hut und Mantel ab, setzte sich nach flüchtiger Begrüßung hin und sah gedankenlos ins Feuer. »Was für vollendete Beispiele wir doch sind für völlig verschiedene Typen«, begann sie schließlich, ohne ihre Gefährtin anzusehen. »Du bist eine blühende Angelsächsin. Du weißt, was du willst, und gehst und holst es dir, ohne deine Tage und Nächte damit zu verbringen, daß du ständig rückwärts und vorwärts von Ja zu Nein wechselst. Wenn du jemandem ein Messer in den Leib stoßen willst, gehst du natürlich einfach hin und stichst geradewegs und fest zu. Du würdest ihn wahrscheinlich töten, aber das wäre bald vorbei, während ich, ich hätte so viele Gewissensbisse und würde so viele Überlegungen anstellen, daß ich zwar seine ganze anatomische Oberfläche zerschneiden und eine sich hinziehende Agonie daraus machen würde, ihm aber keine ernstliche Verletzung beibringen könnte – es sei denn, er würde dabei rein zufällig verbluten. Nein, du bist wahrhaftig ein tapferer Mensch, leidenschaftlich, doch ohne Gefühlsregung, fähig zu großem Opfer, doch ohne Zärtlichkeit des Herzens.

Und außerdem möchtest du manche Dinge wirklich so dringend, daß du losgehst und sie dir holst, und das kommt mir sehr fremd vor. Auch ich möchte manche Dinge, jedoch nur, um sie zu verstehen, und ich gehe nie los und hole sie mir. Ich bin hoffnungslos feige, ich hasse das Risiko, mich selbst oder irgendeinen anderen zu verletzen. Alles, was ich möchte, ist, unendlich lange meditieren und denken und reden. Ich weiß, du bist dagegen, weil du glaubst, es sei notwendig, etwas zu fühlen, um darüber nachzudenken, und du behauptest ja, ich nähme mir keine Zeit, das Gefühl zu finden. Die Berechtigung dieser Kritik erkenne ich an, und gerade dieser Tage bin ich dabei, es auf mich zukommen zu lassen.«

Sie verfiel wieder in Schweigen, saß da und lächelte ironisch ins Feuer. Das Schweigen wuchs und dehnte sich, und ihr Lächeln verwandelte sich in einen beinahe angewiderten Ausdruck. Endlich holte sie erschöpft Atem, schüttelte den Kopf und stand auf. »Ach! Geh nicht«, kam es sogleich bittend von Helen. Adele antwortete auf ihre Worte: »Nein, ich gehe nicht. Ich will mir nur die Bücher hier anschauen.« Sie lief ein wenig herum. Am Ende blieb sie neben Helen stehen und sah auf sie hinunter mit einer leisen Ironie am Rande zum Spott.

»Weißt du was«, begann sie in ihrem gewohnten Ton objektiver Ermittlung, »du bist ein wunderbares Beispiel für eine doppelte Persönlichkeit. Das Du, das ich bisher kannte und nicht mochte, und das gelegentliche Du, das mir, wenn ich einen Schimmer davon erhasche, so großartig erscheint, sie haben keinerlei Verbindung miteinander. Nicht daß sich meine Vorstellung von dir allmählich gewandelt hätte, das hat sie nicht. Ich erkenne immer ein ganzes Du. Es besteht aus einem Lachen, das so hart ist, daß es nervös macht, einer

Stimme, die eine gewisse brutale Grobheit vermuten läßt, und einer Sicht der Dinge, die auf aggressive Weise teilnahmslos ist, und all das ist ein ganzes Du, und es wechselt ab mit einem anderen Du, das eine Reinheit und Intensität der Empfindung besitzt, vor der ich durchaus von Ehrfurcht ergriffen zurückweiche, dazu eine Sanftheit in Stimme und Verhalten und eine grenzenlos zartfühlende Geduld, die mich völlig überwältigt. Die Frage nun ist, was bist du wirklich, denn die beiden scheinen keinen Zusammenhang zu haben. Vielleicht fügt sich das Ganze einmal, sobald ich wirklich etwas von dir weiß, zueinander, aber zur Zeit ist es immer entweder das eine oder das andere, und ich habe nicht die geringste Ahnung, welches am wirklichsten ist. Du bist zweifellos eine zu viel für mich.« Sie zuckte mit den Schultern, rang hilflos die Hände und setzte sich wieder vor das Feuer. Schließlich erhob sie sich und wurde gewahr, daß Helen bitterlich zitterte. Da waren alle Bedenken hinweggefegt durch ein plötzlich leidenschaftliches Mitgefühl für ein Lebewesen, das sichtbar litt, und sie nahm sie in die Arme mit reiner mütterlicher Zärtlichkeit. Helen war extrem nachgiebig. »Ich habe versucht, deinen Experimenten ebenbürtig zu sein«, sagte sie zuletzt, »aber du hattest kein Erbarmen. Du warst nicht zufrieden, bis du jeden einzelnen Nerv an meinem Körper herausseziert und ganz bloßgelegt hattest, und das war zu viel, zu viel. Du solltest deinen Studienobjekten bei allem Forschungseifer gelegentlich eine Atempause gönnen.« Sie sagte das ohne Bitternis. »Guter Gott«, rief Adele völlig überrumpelt, »hast du denn geglaubt, ich hätte dich absichtlich leiden lassen, nur damit ich die Resultate studieren kann? Himmel nochmal, für was hältst du mich eigentlich! Nimmst du etwa an, ich hätte auch nur einen Moment erkannt, daß du leidest? Nein!

Nein! Es ist ja nichts als meine verfluchte Angewohnheit, mich nur um meine eigenen Gedanken zu kümmern – und außerdem, weißt du, habe ich nie auch nur einen Moment lang geglaubt, daß dir wirklich etwas an mir liegt, das ist etwas, was ich bei aller Selbstüberschätzung niemals glauben kann. Helen, wie aber hättest du denn je etwas mit mir anfangen können, wenn du mich solch mutwilliger Grausamkeit für fähig hieltest?« »Ich wußte es nicht«, antwortete sie, »ich war willens, dich tun zu lassen, was du wolltest, wenn es dich interessierte, und ich wollte standhalten, so gut ich es vermochte.« »Oh! Oh!« stöhnte Adele schmachtend über ihr in reumütiger Anteilnahme, »aber, Liebe, du glaubst mir doch, daß ich keine Ahnung von deinem Schmerz hatte und daß meine Brutalität auf Ignoranz zurückzuführen ist, nicht auf Absicht.« »Ja! Ja! Ich weiß«, flüsterte Helen und schmiegte sich an sie. Und nach einer Weile fuhr sie fort, »Weißt du, Liebe, du bedeutest mir so sehr viel, bei all deiner unausrottbaren Selbstbezogenheit bist du der einzige Mensch, mit dem ich je in engen Kontakt gekommen bin, den ich weiterhin achten konnte.« »Wahrhaftig«, sagte Adele kläglich, »ich gestehe, ich kann nicht verstehen, warum. Schließlich bin ich, selbst im besten Fall, nur leidlich anständig. Es gibt so viele andere, du hast eben unglückliche Erfahrungen gemacht, das ist alles, und, weißt du, außerdem hast du dich immer verschlossen, weil du die fatale Illusion hattest, du könntest völlig allein stehen.« Und dann sang sie mit feinem Spott »Und der sehr starke Mann Kwasind, was für ein starker Mann das war«, und fuhr fort, »war auch kein voller Erfolg, wenngleich als Einzelgänger unbesiegbar.«

2

Den ganzen Winter hindurch war Helen in Abständen immer wieder ein paar Tage bei Mabel Neathe in Baltimore. Und Adele war immer mehr oder weniger dabei. An der Oberfläche bewahrten sie das gleiche Verhältnis zueinander, wie es auf dem Schiff gewesen war. Den einzigen klaren Anhaltspunkt, daß Mabel einen Unterschied wahrnahm, gab sie dadurch zu erkennen, daß sie die beiden niemals, wenn sie es vermeiden konnte, zusammen allein ließ.

Sie setzten untereinander stillschweigend voraus, daß sie bei diesen seltenen Gelegenheiten einander kein Zeichen geben dürften. Als die Zeit näher rückte, da Adele wieder einmal nach Europa aufbrechen sollte, diesmal zu längerer Abwesenheit, wurde die Spannung der selbstauferlegten Zurückhaltung unerträglich, und ebenso stillschweigend hörten sie auf, sich daran zu halten.

Einige Wochen vor ihrer geplanten Abreise trank Adele eines Nachmittags bei Mabel wie gewöhnlich Tee. »Du hast Mr. und Mrs. T. niemals kennengelernt, nicht wahr?« fragte Mabel aus heiterem Himmel. Sie hatten niemals eindeutig vermieden, über Helen zu sprechen, doch hatten sie nie unnötigerweise über sie gesprochen. »Nein«, antwortete Adele, »ich wollte nicht. Ich mag keine schablonenhaften Höflichkeitsformen, und ich weiß, daß ich zu all jenen Freundinnen von Helen gehöre, die ihre Eltern nicht gutheißen.« »Ihre Höflichkeit würde dir gar nicht lästig werden, sie geben sich nie die Mühe, derart liebenswürdig zu sein.« »Sind deine Erlebnisse wirklich so unangenehm, wenn du dort bist? Dann, dächte ich, würdest du doch gar keinen Wert darauf legen, öfter da zu sein.« »Manchmal habe ich das Gefühl, man könne es unmöglich aushalten, aber wenn ich nicht käme, würde Helen von ihren Eltern weggehen, und ich glaube, das würde sie bedauern, und deshalb möchte ich nicht, daß sie es tut. Ich brauche nur ein Wort zu sagen, sie würde sofort von ihnen weggehen, ja manchmal glaube ich, sie wird es so oder so tun. Wenn sie erst einmal weiß, was sie will, wird sie sich die Sache nicht mehr anders überlegen. Über diese Dinge spreche ich natürlich mit niemandem außer mit dir, weißt du.« »Das will ich gern glauben«, sagte Adele ziemlich mürrisch, »ist da nicht noch etwas anderes, was du mir gerne erzählen möchtest, einfach weil ich ich bin. Wenn ja, laß dich durch mich nicht daran hindern.« »Ich habe dir nie von den Anfängen unserer Beziehung erzählt«, fuhr Mabel fort. »Weißt du, Helen war schon lange an mir interessiert, ehe ich etwas davon merkte. Wir waren früher viel zusammen im College, da verschwand sie immer mal wieder für längere Zeit in die Umgebung, und erst sehr viel später entdeckte ich den Grund dafür. Du weißt ja, daß Helen niemals aufgibt. Du kannst dir nicht vorstellen, wie großartig sie ist. Ich habe mir in letzter Zeit soviel Sorgen gemacht«, setzte sie hinzu, »sie soll nicht denken, es sei meinetwegen notwendig, von zu Hause wegzugehen, nur weil es für mich so unangenehm ist im Sommer, wenn ich einen Monat bei ihr bin.« »Und warum bringst du dann kein edelmütiges Opfer und bleibst weg? Offenbar ist Helens Heroismus ja groß genug, sie die Feuerprobe überstehen zu lassen.« Adele kam sich ausreichend gemein vor, um befriedigt zu sein. Mabel nahm es wörtlich. »Rätst du wirklich dazu?« fragte sie. »Oh, ja«, sagte Adele, »es gibt nichts Besseres für die Seele als selbstauferlegte Zeiten vollständiger Enthaltsamkeit.« »Gut, ich werde darüber nachdenken«, antwortete Mabel, »es ist so tröstlich, daß du alles verstehst und man offen über all das mit dir reden kann.« »Da irrst du aber völlig«, sagte Adele entschieden, »nichts verstehe ich. Doch geht es mich letztendlich ja auch nicht das Geringste an«, fügte sie hinzu. »Adios.« Und sie ging.

Als sie nach Hause kam, sah sie auf dem Tisch einen Brief an Helen. Sie spürte keinen Antrieb, ihn zu lesen. Sie legte ihn beiseite. »Nicht daß es mich irgend etwas anginge, ob sie schon gebunden ist, und wenn, wie«, sagte sie sich. »Das muß sie ganz allein für sich mit ihrem Gewissen ausmachen. Mir geht es nur um die Frage, was zwischen uns beiden existiert. Ich bin Mabel gegenüber zu nichts verpflichtet«, und sie drängte das Ganze entschlossen in den Hintergrund ihres Bewußtseins.

Mabel unterdessen gestattete dem Thema nicht, zur Ruhe zu kommen. Schon bei der nächsten Gelegenheit fragte sie Adele wieder um Rat. »Ach, laß es doch sein«, platzte Adele heraus, »was weiß denn ich darüber? Ich verstehe nichts von der Natur eurer Bindung.« »Wirklich nicht?« Mabel war allen Ernstes ungläubig. »Nein«, Adele antwortete mit Entschiedenheit, und das Thema wurde fallengelassen.

Trübsinnig sprach Adele zu sich selbst. »Ich hatte mir doch so fest vorgenommen, nicht mehr daran zu denken, aber diesmal ist es offenbar aufgetaucht und geht nicht mehr weg. Ich kann nicht leugnen, daß ich dringend gern Bescheid wüßte, und ich weiß sehr wohl, daß es, falls ich weiterhin Bescheid wissen möchte, das einzig Anständige von mir wäre, Helen um Auskunft zu bitten. Aber es ist mir so zuwider, das zu tun. Warum? Nun, ich vermute, weil es so weh täte, sie eingestehen zu hören, daß sie gebunden ist. Es wäre unendlich angenehmer, alles von Mabel erklärt zu bekommen; doch wäre es sicher sehr verächtlich von mir, mir die Erklärung von ihr zu besorgen. Helen hat recht, es ist nicht leicht, dieses ganze Geschäft, sich wirklich auf Menschen einzulassen. Ich scheine ziemlich tief drin zu stekken«, und sie lächelte sich zu, »weil ich Belastung und Schmerz jetzt nicht mehr beklage. Ich frage mich, ob ich wirklich anfange, es mir zu Herzen zu nehmen«, und sie verlor sich in einer Träumerei.

Mabels Zimmer war für Adele nun fortwährend von der Aura der ungestellten Frage erfüllt. Wenn sie allein war, konnte sie sich davon befreien, Mabel jedoch war darin eingehüllt wie in ein Gewand, obwohl sich nichts zwischen ihnen abspielte, was die Sache betraf.

Da erhielt Adele einen Brief von Helen, in dem sie fragte, warum sie nicht geschrieben habe – ob deshalb, weil ihr Vertrauen sie wieder verlassen hätte? Erst sah Adele sich nicht imstande zu antworten, am Ende gab sie zugleich vieldeutig und bitter Nachricht.

Zuletzt riß die Spannung. »Erzähl es mir also«, sagte Adele eines Abends abrupt zu Mabel. Mabel unternahm keinen Versuch mißzuverstehen, aber sie versuchte doch hinauszuzögern. »Gut, wenn du die ganze Farce von Zurückweisung und Insistieren durchexerzieren willst, nur zu«, brach es schroff aus Adele heraus, »aber gesetzt, das alles liegt hinter uns, dann sage ich wieder: erzähl es mir.« Mabel war bestürzt über Adeles hitzige Direktheit und rannte ziellos hin und her, als wolle sie fliehen. »Laß deine vertrackte Feinfühligkeit«, sagte Adele streng, »du wolltest erzählen, also erzähl.« Mabel ließ sich einschüchtern. Sie setzte sich hin und erklärte.

Das Zimmer wurde groß und unheilverkündend, und für Mabels Augen wuchs Adeles Gestalt in ihrer geballten Ablehnung beinah schreckenerregend. Eine lange Stille trat ein, die zu dröhnen und zu drohen schien, und Mabel bekam Angst. »Gute Nacht«, sagte Adele und verließ sie.

Nun endlich hatte Adele gelernt, einmal nicht mehr zu denken. Sie ging nach Hause und lag lange Zeit unbeweglich da. Schließlich stand sie auf und setzte sich an ihren Schreibtisch. »Ich glaube, mir muß wirklich viel an Helen liegen«, sagte sie zuletzt, »aber, oh Gott«, sie stöhnte, und es war ein schneidender Schmerz. Dann richtete sie sich endgültig auf. »Arme Mabel«, sagte sie, »fast könnte ich mich dazu bringen, daß sie mir leid tut. Ich muß ganz schreckenerregend ausgesehen haben.«

Bei den nächsten paar Gelegenheiten wurde nichts gesprochen. Endlich fing Mabel wieder an. »Ich war wirklich davon ausgegangen, Adele, daß du Bescheid wüßtest, sonst hätte ich die Sache gar nicht erwähnt. Nachdem ich sie angeschnitten hatte, warst du es aber, du weißt ja, die mich aufforderte zu erzählen.« »Oh, ja, ich habe dich aufgefordert zu erzählen«, dies konnte Adele recht vergnügt einräumen; Mabel erschien ihr so trivial. »Und außerdem, weißt du«, fuhr Mabel fort, »hätte ich überhaupt nie davon angefangen, wenn ich dich nicht so gern hätte.« Adele lachte, »Ja, es ist herrlich, was für eine Unmenge von treuer Zuneigung für mich im Universum verstreut liegt. Was aber wird Helen von den Folgen dieser deiner Zuneigung halten?« »Das eben macht mir Sorgen«, gab Mabel zu, »ich muß ihr sagen, daß ich es dir gesagt habe, und ich befürchte, es wird ihr nicht gefallen.« »Den Verdacht habe ich allerdings auch«, Adele lachte wieder, »aber das beste ist, einen günstigen Augenblick zu ergreifen, ehe dein Mut Gelegenheit hat zu schwinden. Helen wird nächste Woche hier sein, weißt du, und das wird dir Gelegenheit geben, aber jetzt, denke ich, ist genug geredet worden«, und damit schloß sie die Sache ab.

Adele sah sich außerstande, an Helen zu schreiben, sie fühlte sich zu wund und verbittert, doch erkannte sie, daß sie trotz des heftigen Gefühlsumschwungs immer noch an jene andere Helen glaubte, die sie sich bemüht hatte, dieser zu beschreiben. Trotz aller augenscheinlicher Beweise, war sie davon überzeugt, daß da etwas Wirkliches existierte, etwas, dem sie Achtung schuldete.

Sie verbrachte eine schmerzliche Woche im Kampf zwischen Ablehnung und Anerkennung. Schließlich, zwei Wochen vor Helens Besuch, hörte sie von ihr. »Ich fürchte, ich kann es nicht länger ertragen«, schrieb Helen. »Solange ich an die Möglichkeit glaubte, daß Du einmal lernen würdest, mehr zu sein als Dein kleines selbstgefälliges Ich, konnte ich bereitwillig alles aushalten, jetzt aber erinnerst Du mich an ignoranten Pöbel. Rücksichtslos zertrampelst Du alles unter Deinen Füßen, ohne darüber nachzudenken, ob Du etwas Wertvolles vernichtest oder nicht, und ohne Dich durch das, was Du so brutal zerstörst, verändern oder beeinflussen zu lassen. Ich bin wie Diogenes auf der Suche nach dem wahrhaftigen Menschen, ich möchte so sehr jemanden finden, den ich achten kann – und finde sie alle nichtswürdig, wert allein, verachtet zu werden. Du hast getan, was Du konntest. Es tut mir leid.«

Eine Zeitlang war Adele ganz besessen von glühendem Zorn, der sich jedoch in tiefes Mitgefühl für Helens Qual verwandelte. Sie begriff die Folter, der sie womöglich jetzt ausgeliefert war, und setzte sich daher sogleich nieder, um zu antworten. »Aber vielleicht liegt ihr wirklich nichts mehr daran«, dachte sie bei sich und zögerte. »Nun, wie dem auch sei, so oder so, es spielt keine Rolle, ich will wenigstens das Meinige tun.«

»Ich kann nichts zur Verteidigung vorbringen«, schrieb sie,

»außer daß sich in mir, trotz aller Schwankungen, eine stetig größer werdende Achtung und Zuneigung zu Dir entwikkelt hat. Ich bin nicht erstaunt über Deine Verbitterung, aber Deine Schlußfolgerungen daraus sind nicht gerechtfertigt. Es ist wohl kaum zu erwarten, daß eine solche Umwertung der Werte, eine so vollständige Abkehr von den allgemein gültigen Überzeugungen, wie ich sie in letzter Zeit durchgemacht habe, ohne zahlreiche heftige Begleiterscheinungen ablaufen dürfte. Daß Du sehr geduldig gewesen bist, das sehe ich ein, andererseits aber solltest Du auch erkennen, daß ich getan habe, was mir möglich war, und daß dies, deinen gegenteiligen Worten zum Trotz, nicht verächtlich gewesen ist. Rede also keinen Unsinn vonwegen Pöbel. Wenn Dein Durchhaltevermögen dieser Aufgabe nicht gewachsen ist, schön, gib es halt zu und betrachte die Sache als erledigt; wenn doch, will ich versuchen, ebenbürtig zu sein.«

Adele wußte, daß Helen den Brief noch erhalten würde, daß aber nicht mehr genug Zeit wäre, ihn zu beantworten, da sie am darauffolgenden Abend in Baltimore eintreffen sollte. Alle drei wollten sich am späten Abend in der Oper treffen. Einen ganzen Tag lang würde Adele also im ungewissen sein über Helens Gefühle ihr gegenüber. Sie brauchte all ihre Kraft, um sich den Tag hindurch angestrengt auf die Möglichkeit vorzubereiten, daß Helen ihr noch immer mit Verachtung begegnete. Es war stets eine Angewohnheit von ihr gewesen, sich zur Vergegenwärtigung des Schlimmsten, was ihr zustoßen konnte, zu zwingen, und darauf einzugehen, bevor es geschah. Nie war sie zufrieden damit, einfach zu denken, daß das Schlimmste passieren könnte, und dann, wenn sie sich das gesagt hätte, doch auf das Beste zu hoffen, sondern sie hatte sich stets daran gewöhnt, ihren Geist wieder und wieder auf diese schlimmste Möglichkeit einzustellen, bis sie sich wirklich so weit unter Kontrolle hatte, daß sie es ertragen konnte. Sie tat das, weil sie immer an ihrer eigenen Courage zweifelte und mißtrauisch gegenüber ihrer Fähigkeit war, einem Problem standzuhalten, wenn sie sich nicht zuvor abgehärtet hatte.

Diesen ganzen Tag hindurch kämpfte sie um ihre gewohnte eindeutige Verzichtleistung, und die ungeheure Anstrengung, dahin zu gelangen, ließ sie aufs klarste erkennen, wie hoch sie Helens Beachtung veranschlagte.

Sie kam erst in die Oper, als diese schon begonnen hatte. Sie wußte, wie wenig sie ihren Gesichtsausdruck beherrschen konnte, wenn sie sehr bewegt war, und zog es vor, die erste Begrüßung im Dunkeln stattfinden zu lassen. Sie ging still an ihren Platz. Helen lehnte sich über Mabel hinweg und begrüßte sie. In ihrem Benehmen war nichts, das auf irgend etwas hingedeutet hätte, und Adele erkannte an ihrem Gefühl krankhafter Enttäuschung, daß sie eigentlich überhaupt nicht vorbereitet war. Jetzt, wo die Notwendigkeit gebieterischer wurde, kämpfte sie von neuem um den Verzicht, und bis der Akt vorüber war, hatte sie ihn einigermaßen errungen. Zumindest hatte sie sich genügend im Griff, um Mabel mit einem ausführlichen Gespräch über Musik und Messerstechereien zu unterhalten. Sie vermied es, Helen anzusehen, doch war das vergleichsweise einfach, da Mabel zwischen ihnen saß.

An diesem Abend war *Carmen* für sie die längste und zugleich kürzeste Vorstellung, der sie je beigewohnt hatte. Sie war kurz, weil der Schluß Adele einer hoffnungslosen Gewißheit näherbrachte. Sie war lang, weil sie von Adele nur mit Bangen ausgefüllt werden konnte.

Endlich oder schon war die Oper zu Ende. Adele war ungewiß, welche musikalische Formulierung ihr Gefühl am präzisesten zum Ausdruck brachte. Sie gingen noch kurz in Mabels Wohnung. Bis dahin war Adele überzeugt, daß ihre Beziehung zu Helen vollständig zu Ende war.

»Du siehst heute abend sehr müde aus, was ist los?« fragte Mabel sie. »Ach!« erklärte sie, »es gab eine Menge zu packen und in die Wege zu leiten und Auf Wiedersehen zu sagen und Abschiedsessen mittags und abends. Wie ich Bratheringe hasse! Aber sie sind jetzt eine besondere Delikatesse, und die habe ich drei Tage hintereinander zu Mittag und zu Abend gegessen, ich denke also, es ist durchaus begreiflich, daß ich erschöpft bin. Adieu, nein, begleite mich nicht die Treppe hinunter. Nanu, Helen ist ja schon auf dem Weg nach unten, die Honneurs zu machen. Adieu, ich seh dich morgen wieder.« Mabel ging zurück in ihr Zimmer, und Helen hatte sich schon im Dunkel der Vorhalle verloren. Adele stieg langsam die Treppe hinab, ganz durchdrungen von der Notwendigkeit, sich zu beherrschen.

»Kannst du mir vergeben?«, und schon hielt Helen sie umfangen. »Ich habe dir nichts zu vergeben, wenn dir noch etwas an mir liegt«, antwortete Adele. Lange schwiegen sie zusammen. »Wir werden unsere Freundschaft allemal verdient haben, wenn sie endlich einmal zustandegekommen ist«, sagte Adele schließlich.

»Auf Wiedersehen also«, begann Mabel, als Adele am nächsten Tag endgültig aufbrach. »Oh! Ehe du gehst, möchte ich dir noch sagen, daß alles in Ordnung ist. Helen war ärgerlich, aber jetzt ist alles in Ordnung. Du wirst ja noch ein paar Tage in New York sein, bevor dein Schiff geht«, fuhr sie fort. »Ich weiß, du bleibst kein ganzes Jahr weg, du kommst sicher bald zu uns zurück. Ich werde an deinen Rat denken«, schloß sie. »Weißt du, er hat sehr viel Gewicht, weil er von dir kommt.« »Oh, natürlich«, antwortete Adele und dachte bei sich, »Für wie dumm hält Mabel mich eigentlich.«

Am Abend ihrer Abreise war Adele in Helens Zimmer. Sie hatten eine lange Zeit zusammen verbracht. Adele saß auf dem Boden, den Kopf an Helens Knie gelehnt. Sie sah zu Helen hoch und brach dann das Schweigen mit einiger Anstrengung. »Bevor ich gehe«, sagte sie, »will ich dir selbst erzählen, was du, wie ich annehme, bereits weißt, nämlich, daß Mabel mir von dem Verhältnis erzählt hat, das zwischen euch besteht.« Helens Arme fielen herab. »Nein, das wußte ich nicht.« Sie war sehr still. »Mabel hat es dir also nicht gesagt?« fragte Adele. »Nein«, erwiderte Helen. Es gab ein düsteres Schweigen. »Wenn du nicht ganz und gar selbstsüchtig wärest, hättest du dich zusammengenommen und mir das erspart«, sagte Helen. Adele vernahm kaum die Worte, aber die Macht der Stimmung, die Helen ergriffen hatte, schüchterte sie ein. Sie durchbrach sie schließlich und begann langsam und mit Entschiedenheit: »Ich bin nicht der Ansicht«, sagte sie, »daß es falsch war von mir, Bescheid wissen zu wollen. Ich kann mir vorstellen, daß man sich in einer Gesinnung großmütiger Donquichotterie möglicherweise ein solches Recht versagt, als vernunftbegabtes Wesen aber spüre ich, daß ich ein Recht hatte, es zu wissen. Ich sehe vollkommen ein, daß es hoffnungslos falsch war, es von Mabel zu erfahren statt von dir. Ich gebe zu, daß ich ein Feigling war, ich hatte einfach Angst, dich zu fragen.« Helen lachte hart. »Du hättest keine haben müssen«, sagte sie, »ich würde dir nichts erzählt haben.« »Ich glaube, du irrst, ich bin ganz sicher, daß du es mir erzählt hättest, und diesen Schmerz wollte ich mir ersparen, vielleicht auch dir, ich weiß nicht. Ich wiederhole, ich kann nicht glauben, daß es falsch von mir war, Bescheid wissen zu wollen.«

Sie verharrten gemeinsam in unnachgiebigem Schweigen. Wenn eine unwiderstehliche Kraft auf einen unbeweglichen Körper trifft, was passiert dann? Nichts. Der Schatten eines langen Kampfes, unvermeidbar wie ihre unterschiedlichen Naturen, hing düster über ihnen. Dieser Vorfall aber, wie einschneidend auch immer, war erst der Anfang. Alles Vorausgegangene war nur ein Vorspiel. Sie hatten sich gerade erst in Stellung begeben.

Die Stille war nicht erdrückend, aber sie hielt lange an. »Ich habe dich sehr lieb, Adele«, sagte Helen schließlich mit einer unergründlichen Umarmung.

Es war eine Stunde später, als Adele tief und resolut Atem holte, »Was für lächerliche Leute doch diese Dichter sind, die behaupten, Scheiden sei ein so süßer Schmerz. Obwohl es nicht für immer ist, kann ich kein bißchen Süße darin finden, kein noch so winzig kleines Bißchen. Helen, es gefällt mir gar nicht, dieses ganze Weggehen von dir.« »Und mir erst«, rief Helen aus, »da ich mit dir Abschied von Eltern, Brüdern, Schwestern, meinem eigenen Kind, von allem auf einmal zu nehmen scheine. Nein, Liebe, du hast ganz recht, es ist nichts Angenehmes daran.«

»Warum aber steht es dann in den Büchern?« fragte Adele in trübsinniger Gereiztheit. »Ach, Liebe! Es ist wenigstens etwas Tröstliches, wenn man herausgefunden hat, daß sie unrecht haben. Es ist immerhin eine neu entdeckte Tatsache. Keiner von uns beiden, Liebe, tut es doch leid, daß wir genug wissen, um es herausgefunden zu haben, oder?« »Nein«, antwortete Helen, »keiner von uns beiden tut es leid.«

Auf dem Schiff erhielt Adele einen kurzen Abschiedsbrief von Mabel, in dem sie noch einmal erklärte, daß nichts als ihre Hochachtung für Adele ihr ermöglicht habe, so zu sprechen, wie sie es getan hatte. Adele verlor die Geduld. »Ich bin gewillt, auf jede Art zu kämpfen, die Mabel gern hätte«, sagte sie sich, »unter der Hand oder handgreiflich, im Dunkeln oder im Hellen, in einem Raum oder im Freien, aber hiergegen protestiere ich. Keine Frage, sie hat etwas bezweckt damit, auch wenn das Spiel nicht erfolgreich war. Ich verüble ihr ja nicht das Spiel, ein Schwacher muß eben mit den Waffen kämpfen, die er halten kann, aber ich bin es ihr nicht schuldig, die Scheinheiligkeit einer besonderen Zuneigung über mich ergehen zu lassen. Ich kann unter diesen Umständen nicht sonderlich offen sein, aber ich will auch nicht unnötig falsch sein. Das werde ich ihr zu verstehen geben, es aber so verkomplizieren, wie sie es liebt.«
»Meine liebe Mabel«, schrieb sie, »entweder bist Du abgestumpfter, als ich von Dir zu denken beliebe, oder Du traust mir mehr gutmütige Beschränktheit zu, als ich besitze. Wenn die erste Annahme zutrifft, dann hast Du nichts zu sagen, und ich brauche nichts zu sagen; wenn die zweite, dann hätte nichts, was Du sagen würdest, Gewicht, weshalb es ebenfalls nicht nötig wäre, daß Du irgend etwas sagst. Wenn Du nicht verstehst, worüber ich rede, dann rede ich über nichts und es tut nichts zur Sache, wenn du verstehst, dann ist genug gesagt worden.« Mabel antwortete mehrere Monate lang nicht und fing dann wieder an, freundliche Briefe zu schreiben.

Es schien Adele in diesem Sommer unglaublich, daß sie sich vor erst einem Jahr noch so simpel vorgekommen war und alle Moral so leicht reduzierbar auf eine Formel. Während der langen müßigen Italientage führte sie keine Selbstgespräche über diese Dinge. Sie erkannte, daß sie gegenwärtig moralisch und geistig zu komplex war und diese Komplexität viel zu bewegt. Es würde viel Zeit und Kraft in Anspruch nehmen, alles wieder zur Ruhe zu bringen. Es könnte, dachte sie, vielleicht einmal verständlich werden, es könnte sogar nach langer Zeit wieder einfach werden, im Augenblick aber sah es kaum danach aus.

Sie schüttete Helen in ihrem feurigen Briefwechsel restlos und frei ihr Herz aus. Zunächst hatte sie etwas gezögert damit. Sie wußte, daß Helen und Mabel den größten Teil des Sommers zusammen verbringen würden, und dachte an die Möglichkeit, daß Anzahl wie Inhalt der Briefe, wenn Mabel davon Kenntnis erhielte, für Helen allerhand Ungelegenheiten mit sich bringen könnten. Sie zögerte lange, Helen dies anzudeuten und sie entscheiden zu lassen, ob es geraten sei, mehr achtzugeben.

Es gab viele Gründe, die Sache nicht zu erwähnen. Adele erkannte, daß nicht allein Helen, sondern daß sie selbst noch unsicher war hinsichtlich der Zuverlässigkeit ihrer eigenen Gefühle. Sie konnte sich noch nicht vertrauen und hatte Hemmungen, sich gehen zu lassen, möglicherweise mit einem Rückfall.

»Letztlich«, sagte sie sich, »ist es Helens Angelegenheit und nicht meine. Ich habe mich darauf eingelassen, ihrer Führung zu folgen, sogar auf sehr abweichende und untergründige Wege, aber meines Wissens ist es nicht nötig, sie zu warnen. Sie kennt Mabel ebenso gut wie ich. Vielleicht tut es ihr gar nicht leid, wenn man das Ganze auf die Spitze treibt.«

Sie entsann sich des Widerstrebens, das Helen immer gezeigt hatte, wenn es um Vorsichtsmaßnahmen ging oder um irgendeine deutliche Formulierung von Bedingungen. Sie schien ihr Gewissen zu beruhigen und sich von jeglicher Empfindung falschen Handelns dadurch freizuhalten, daß sie sich niemals gestattete, eine Schwierigkeit vorauszusehen. Wenn sie tatsächlich eintrat, ertränkte der unmittelbare Zwang, zu jeder beliebigen Täuschung zu greifen, die erforderlich war, um die Schwierigkeit zu bemänteln, ihr Gewissen in der Heftigkeit des Handelns. Adele sah diese Veranlagung noch nicht in aller Deutlichkeit, aber sie erkannte vage, daß Helen sich jeder ausdrücklichen Formulierung der Wahrscheinlichkeiten verschließen würde, daß sie nicht vorsichtig sein wollte und auf diese Weise jedes Schuldgefühl vermeiden würde. So konnte sie sich selbst vor ihrem eigenen Gewissen schützen.

Dies alles erkannte Adele dunkel. Sie formulierte es nicht, aber es half mit, sie davon abzuhalten, Helen irgend etwas darüber zu sagen.

Sie selbst konnte ihr Gewissen nicht so umgehen, sie mußte einfach einräumen, daß sich ihre moralische Grundlage verändert hatte. Sie wußte, was sie tat, sie sah genau, was wahrscheinlich eintreten würde und wie den neuen Entwicklungen zu begegnen wäre.

Vor sich selbst gab sie zu, daß ihre eigene Verteidigung einfach darauf beruhte, daß sie glaubte, das Spiel lohne den Einsatz. »Eigentlich«, schloß sie daraus, »ist dies noch immer der wichtigste Grund, nichts zu sagen. Ein Abbruch des Briefwechsels würde mich sehr traurig und einsam machen. Mit anderen Worten, ich will ihn einfach nicht abbrechen und werde es deshalb, nehme ich an, auch nicht tun.«

Über mehrere Monate hinweg setzte sich der Briefwechsel fort, auf beiden Seiten mit Eifer und Leidenschaft. Dann kam eine Drei-Wochen-Pause und kein Wort von Helen, dann ein glatter, freundlicher Brief und dann wieder langes Stillschweigen.

Adele lag auf der grünen Erde auf einem sonnigen englischen Hügel und sprach über diese Dinge Tag für Tag mit sich selbst. Sie befürchtete eigentlich nichts Böses, aber sie war tief unglücklich. Ihr Unglück war das Unglück der Einsamkeit, nicht des Zweifels. Sie rettete sich vor der äußersten Not nur durch die Wahrnehmung, daß der Himmel noch immer genauso blau und die Landschaft so grün und schön war. Der Schmerz leidenschaftlicher Sehnsucht war sehr schwer zu ertragen. Wieder und wieder vergrub sie ihr Gesicht im kühlen Gras, um inmitten ihrer krankhaften Verzagtheit ihr Lebensgefühl zurückzugewinnen.

»Es gibt viele Möglichkeiten, aber nur eine Wahrscheinlichkeit für mich«, sagte sie sich. »Ich bin keine vertrauensseelige Person trotz optimistischen Temperaments, doch bin ich angesichts aller Fakten absolut sicher, daß Helen unverändert ist. Zweifellos ist irgendeine Komplikation aufgetreten. Mabel hat ein paar Briefe in die Hand bekommen, und schon gab es Probleme. Ich kann Mabel weiter nichts vorwerfen. Die Frage der Ehre wäre schwierig zu entscheiden zwischen uns dreien.«

Mit fortschreitender Zeit zweifelte sie zwar nicht an Helen, begann aber, sich große Sorgen zu machen über ihre Verantwortung in der Sache. Sie war unsicher, wie sie sich verhalten sollte.

»Was Mabel betrifft«, sagte sie sich, »so gebe ich durchaus zu, daß sie mir schlichtweg einerlei ist. Ich schulde ihr nichts. Sie wollte mich, als es angenehm war, mich zu haben, und also sind wir quitt. Sie hat sich auf den Kampf eingelassen und muß bereit sein, die Folgen zu tragen. Wir waren nie aneinander gebunden, wir haben einander nie vertraut, und folglich hat es auch keinen Vertrauensbruch gegeben. Sie würde mir keine Barmherzigkeit erweisen, und ich brauche ihr keine zu gewähren, zumal sie das völlig mißverstehen würde. Es ist sehr seltsam, wie sehr verschieden Moral und Temperament eines Menschen sind, wenn einer etwas wirklich dringend haben will. Ich, die ich immer hoffnungslos weichherzig und gutmütig gewesen bin und die ich wirklich immer vorgezogen habe, den anderen gewinnen zu lassen, finde mich nun ganz kaltblütig und mitleidslos. Das ist mir eine reizende Moral, an die wir selbst bei ernsthaften Dingen glauben, wenn wir nur nicht in der Tiefe aufgewühlt werden, sie ist so entzückend edelmütig und sanft.« Adele seufzte und lachte dann. »Nun, ich hoffe, eines Tages werde ich eine Moral finden, die dem Druck wirklichen Begehrens standhalten kann und den Platz der hübschen anderen einnimmt, die ich verloren habe, aber Moral oder nicht Moral, es bleibt dabei, daß ich Mabel gegenüber keine Gewissensbisse habe.

Bei Helen ist das etwas ganz anderes. Ihr schulde ich fraglos eine Menge, aber eben, wie es zurückzahlen, das ist der schwierige Punkt, den es herauszufinden gilt. Ich kann nicht vergessen, daß sie niemals der erste Gedanke für mich sein könnte, wie sie es für Mabel ist, denn ich habe andere Ansprüche, die ich immer als wichtiger anerkennen würde. Ich habe weder die Neigung, noch die Macht, Mabels Stelle einzunehmen, und spüre infolgedessen, daß ich kein Recht habe, zwischen die beiden zu treten. Andererseits bedarf sie moralisch und geistig unbedingt einer starken Gefährtin, und eine solche glaube ich, allem Augenschein zum Trotz, zu sein. Eines Tages, wenn das so weitergeht, wird sie, gegen ihren Willen gezwungen sein, zwischen uns zu wählen, und was habe ich zu bieten? Nichts als einen erhebenden Einfluß.

Pah! Was nützt schon ein erhebender Einfluß, wenn man kein Brot und keine Butter hat. Ihr möglicher Bedarf an Butter, wenn nicht gar Brot, muß im Auge behalten werden, bedenkt man ihr zweifelhaftes Verhältnis zu ihrer Familie. Mabel könnte und würde beides immer beschaffen, während ich weder kann noch will. Oh weh, ein ungebutterter Einfluß, ich sag's ja. Was für ein niedrig denkendes Wesen ich doch bin. Aber ich habe tatsächlich gelegentliche Lichtblicke von Glauben und Vertrauen, und diese sind, wenn sie kommen, viel Brot und Butter wert, davon bin ich wahrhaft überzeugt. Vielleicht findet auch Helen sie genüßlicher. Nun gut, ich werde ihr den Fall vortragen und mich an ihre Entscheidung halten.«

Sie richtete es zeitlich so ein, daß ihr Brief ankam, wenn Helen wieder einmal allein zu Hause sein würde. »Ich kann Dir jetzt sagen«, schrieb sie, »was mir im Frühsommer noch unmöglich schien. Ich bin jetzt davon überzeugt – und denke, Du bist es ebenfalls –, daß meine Gefühle für Dich echt und loyal sind und daß wir, egal was an künftigen Schwierigkeiten auf uns zukommen mag, inzwischen wenigstens eine Basis von Verständnis und Vertrauen haben. Daher weiß ich, daß Du es nicht mißverstehen wirst, wenn ich Dich bitte, sorgfältig zu erwägen, ob Du mich, alles in allem, nicht lieber aufgeben solltest. Ich kann Dir wirklich nur sehr wenig sein und werde Dich trotzdem unausweichlich in sehr viele Schwierigkeiten bringen. Daß ich Angst davor habe, daß Du mich aufgibst, leugne ich nicht, aber noch mehr Angst habe ich davor, daß ich der Anlaß zu ernstlichem Verdruß sein könnte. Bitte glaube, dies ist aufrichtig gemeint und durchaus wörtlich zu nehmen.«

»Ruhig, Kleines«, antwortete Helen, »ach, Du dummes Kind, begreifst Du denn nicht, daß Du das einzige auf der Welt bist, was mir überhaupt irgend etwas wirklich oder lohnend erscheinen läßt. Mir ging es diesen Sommer sehr schlecht. Mabel las einen meiner Briefe an Dich, und das brachte sie völlig durcheinander. Sie sagte, sie hätte ihn gefunden, aber das kann ich kaum glauben. Sie fragte mich, ob Du an mir interessiert seist, und ich sagte ihr, ich wüßte es nicht – und wirklich, Liebste, ich weiß es nicht. Sie fragte mich nicht, ob ich an Dir interessiert sei. Die Sache hat sie völlig durcheinander gebracht, sie war eifersüchtig auf jeden meiner Gedanken, und ich konnte nicht einmal einen Augenblick finden, um mich mit Dir allein zu fühlen. Aber bitte, sag bitte nichts mehr vonwegen Dich aufgeben. Du bist gar keine Last für mich, wenn Du mich nur nicht verläßt. Mit Mabel ist nun alles in Ordnung, sie sagt, sie wolle nie wieder eifersüchtig sein.« »Oh, Gott!« stöhnte Adele. »Wenn sie es nicht ist, wäre sie ja eine hoffnungslose Närrin. Doch wie dem auch sei, ich habe gesagt, ich würde mich an Helens Entscheidung halten, und werde das sicherlich tun, aber wie eine so stolze Frau eine solche Überwachung zulassen kann, das übersteigt mein Fassungsvermögen.

Buch III

HELEN

I

Es gibt im menschlichen Geist keine beherrschendere und instinktivere Leidenschaft als das Bedürfnis nach dem Land, zu dem man gehört. Oft spricht man von Heimweh, als wäre es in seiner ausgeprägtesten Form der besondere Besitz der Schweizer Bergbewohner oder der Skandinavier, der Franzosen und jener anderen Völker, die ebenfalls ein poetisches Milieu haben, aber mit Poesie hat es gar nichts zu tun. Es handelt sich einfach um ein vitales Bedürfnis nach der besonderen Luft, in die man hineingeboren ist, sei es nun die verbrauchte Atmosphäre von London, die schneidend klare Kälte von Amerika oder die verdünnte Luft der Schweizer Berge. Es kommt die Zeit, da nichts auf der Welt so wichtig ist wie ein Atemzug im eigenen besonderen Klima. Und wenn es der letzte Pfennig wäre, man würde ihn hingeben für eben jene Rückfahrkarte.

Eine Amerikanerin im Winternebel von London kann dieses leidenschaftliche Bedürfnis, diese verzweifelte Sehnsucht in ihrem ganzen Ausmaß verspüren. Das bleierne Gewicht des Nebels dort und der rauchbeschwerten Luft, der Himmel, der nie auch nur für einen Augenblick die klare blaue Ferne andeutet, die zum gewohnten täglichen Gefährten geworden ist, die trübe Sonne, Mond und Sterne, die wie gemalte Imitationen an der Decke eines verräucherten Raums aussehen, die durchnäßten, dunstigen, elenden Straßen und die Frauen in besudelten, ausgefransten Röcken, die Gesichter aufgedunsen und mit Pickeln, der ekelhafte Schmutz wie in sie eingerieben, bis er zum natürlichen Bestandteil ihrer häßlichen Außenansicht geworden ist, all das wird Tag für Tag eine trostlosere Last, die einen hoffnungslos erdrückt.

Ein hoffender Geist aber leistet Widerstand. Er fühlt, daß es bald besser werden muß, es kann nicht ewig so weitergehen; heute nachmittag oder morgen muß sich dieses bleierne Gewicht heben, bald muß man wieder spüren, daß man reine Luft atmet, doch Tag für Tag legt einem das ganze Gewicht aus Nebel, Rauch und niedriger brutaler Menschheit eine düstere Last auf Kopf und Rücken, und man verliert die Kraft, den Körper aufzurichten, um die Bürde aktiv zu tragen, es wird einfach ein verzweifeltes Durchhalten. Dieser Bedrückung gerade entronnen, stand Adele im Salon eines Ozeandampfers und blickte auf den in weißem Schnee liegenden Hafen von New York. Ein kleines Mädchen, das zu einer Familie gehörte, die nach sechsmonatiger Durststrecke ebenfalls aus England geflohen war, stand neben ihr. Sie verharrten nebeneinander, die Gesichter an der Scheibe. Ein amtliches Schiff fuhr vorbei und hißte die Flagge. Das kleine Mädchen sah ganz vertieft hinüber, dann sagte es langsam und mit Nachdruck ganz zu sich selbst, »Da ist die amerikanische Flagge, sie sieht gut aus.« Adele wiederholte es, da war es, das ganze Amerika, und es sah gut aus: der klare Himmel und der weiße Schnee und die gerade aufragenden, schmucklosen, nicht eben einnehmenden Gebäude, alles in kalter und strahlender Luft, unverschmutzt und fleckenlos.

Adeles Rückkehr war unerwartet gewesen, und sie landete ganz allein. »Nein, nicht, weil ich dich wiedersehen wollte, so sehr du mir auch gefehlt hast«, erklärte sie Helen sehr viel später, »es war schlicht und einfach wegen Amerika. Ich landete ganz allein, da ich keine Zeit mehr gehabt hatte, irgendeine Freundin von meiner Ankunft zu verständigen, aber mir pressierte es auch wirklich nicht, zu jemandem zu gehen, so sehr ich mich nach allen gesehnt hatte. Ich freute mich einfach an den New Yorker Straßen, an den langen, spindeldürren Beinen der Schnellbahn, an den gerade aufragenden, hohen, unverzierten Häusern, an der leeren Luft darüber und an der weißen Oberfläche des Schnees. Was für eine Freude war es zu erkennen, daß das Ganze nicht mysteriös und nicht komplex war, daß es sauber war und geradeheraus und dürftig und hart und weiß und hoch. So sehr ich dich wollte, ich war nicht erpicht darauf, denn schließlich gehörtest du für mich zu einer aufgebauschten und komplexen Welt, schwierig zu verstehen, wenn auch notwendig, und für den Moment wollte ich dem allen entgehen, ich sehnte mich nur nach offensichtlicher, oberflächlicher, sauberer Einfachheit.«

Diesem Bedürfnis gehorchend, ging Adele nach einer Woche New York nach Boston. Sie tauchte ganz in die Essenz des klarblickenden Amerikanismus ein. Tagelang spazierte sie durch die Bostoner Straßen und freute sich an der leidenschaftslosen Intelligenz der Gesichter. Sie schwelgte im Gedränge der amerikanischen Straßenbahnen, in dessen Gesprächigkeit, in der freizügigen Rede und witzigen Leichtigkeit, die ganz ohne Hintersinn war, so daß eine Atmosphäre entstand, die keinen Augenblick das Bedürfnis aufkommen ließ, auf der Hut zu sein.

Es war eine Reinlichkeit, die weit drinnen in diesen Menschen begann und die ununterbrochen saubergehalten wurde durch einen ständigen Zustrom reinen, kalten Wassers. Vielleicht wurde dabei auch das Gewicht der zum tiefsten Verständnis notwendigen Schmutzflecken weggewaschen, es mochte durchaus sein, daß sie, die Reinlichkeit, nicht erdhaft genug war, um restlos zu befriedigen, aber es

war ein köstlicher Schluck für eine an Ruß und Nebel erstickte Kehle.
Einen Monat badete Adele in dieser Reinlichkeit, dann kehrte sie nach New York zurück, von neuem gespannt auf eine Welt von größerer Komplexität.
Noch eine Zeitlang nach ihrer Rückkehr bestand eine gewisse Entfremdung zwischen Helen und ihr. Helen war tief verletzt gewesen über ihre lange freiwillige Abwesenheit, und Adele verstand ihre eigenen Beweggründe noch nicht hinreichend, um zu einer Erklärung fähig zu sein. Es war ihr lediglich so vorgekommen, als fürchte sie ein wenig, bei Helen sich selbst wieder zu verlieren.
Dieses Gefühl zwischen ihnen verschwand allmählich. Lange saßen sie in Helens Zimmer beisammen, und auch Adele entwickelte nun die Angewohnheit schweigend intimer Vertraulichkeit. Im Lauf der Zeit verlor sich allmählich ihre Angst vor Helen und vor sich selbst, und sie überließ sich der vollkommenen Freude des einfachen Zusammenseins.
Eines Tages waren sie beide der Meinung, daß sie dem Zustand völliger Glückseligkeit sehr nahe seien. »Ja, ich glaube, es ist in Ordnung«, sagte Adele mit einem zärtlichen Lachen, »und wenn es in Ordnung ist, dann ist es jedenfalls sehr gut. Bin ich nicht eine vielversprechende Schülerin?« fragte sie. »Nicht annähernd eine so gute Schülerin, wie eine so ausgezeichnete Lehrerin, wie ich es bin, sie verdient«, erwiderte Helen. »Oh! Oh!« rief Adele. »Es ist mir nie aufgefallen, aber verglichen mit dir, bin ich ein Muster an Bescheidenheit. Es geht doch nichts über ein Zusammentreffen mit wirklicher Arroganz. Sie bringt eine bislang verborgene Tugend zum Vorschein«, und dann verloren sie sich wieder im Glück.

Es war ein sehr wirkliches Vergessen. Adele wurde aus ihm herausgerissen durch einen Kuß, der die letzten Mauern der Keuschheit zu erklettern schien. Sie schreckte sofort zurück, ganz auf Kampf und Ablehnung eingestellt. Ohne sich im mindesten um Helen zu kümmern, vergrub sie ihr Gesicht in den Händen. »Ich hätte mir nie träumen lassen, daß ich nach allem, was gewesen ist, noch eine so jungfräuliche Seele bin«, sagte sie sich, »und daß mich, wie Parsifal, ein Kuß rasend machen könnte vor plötzlicher Erkenntnis«, und dann verlor sie sich ganz in der Flutwelle ihres heftigen Ekels.

Lange lag sie in diesem neuen Vergessen. Endlich wandte sie sich um. Helen lag sehr still, aber auf ihrem Gesicht waren bittere Tränen. Adele, die wie gewöhnlich reumütig reagierte, versuchte zu trösten. »Vergib mir!« sagte sie. »Ich weiß nicht, was über mich gekommen ist. Nein, du hast nichts getan, es war alles meine Schuld.« »Und wir waren so glücklich«, sagte Helen. Nach einer langen Pause fragte sie, »Hast du wieder dein altes Mißtrauen gegen mich gespürt, war es das?« »Ja«, erwiderte Adele kurz. »Ich fürchte, das kann ich nicht vergeben«, sagte Helen. »Das habe ich auch nicht angenommen«, erwiderte Adele.

Sie trafen sich nach wie vor, aber jede war mit ihrem eigenen inneren Kampf beschäftigt. Am Ende eröffnete Adele das Thema von neuem. »Siehst du«, erklärte sie, »mein ganzes Problem liegt in der Tatsache, daß ich nicht weiß, weswegen ich dagegen bin, ob wegen der Moral oder aus einem bedeutungslosen Instinkt. Du weißt, ich war immer der Überzeugung, daß noch soviel Räsonieren nicht weiter hilft bei der Entscheidung, was richtig und möglich für einen ist. Wenn man nicht von Anfang an eine Theorie der Pflicht hat, ist alles möglich, und keine Regel von Richtig und Falsch hält mehr stand. Man muß entweder irgendeine Theorie anerkennen oder aber seinem Instinkt glauben oder sich der Meinung der Welt anschließen.

Nun, ich habe keine Theorie, und die Meinung der Welt kann ich, so gerne ich es möchte, nicht wirklich achten. Was aber meine Instinkte betrifft, so haben sie sich dem Gefühl leidenschaftlichen Sichgehenlassens stets widersetzt. Ich nehme an, das rührt vom calvinistischen Einfluß her, der die amerikanische Erziehung dominiert und meinem natürlichen Temperament in die Quere gekommen ist. Irgendwie hast du mir bewußt gemacht, daß meine Einstellung zu der ganzen Sache erniedrigend und materiell war, statt moralisch und ideell, aber dir zum Trotz sagen meine puritanischen Instinkte immer wieder nein, und ich gerate in ein schreckliches Durcheinander. Ich fange an, meinen Instinkten zu mißtrauen, und bin fast schon überzeugt, daß meine Abwehr im Grunde keine moralische war. Ich vermute, am Ende war es sogar ein gut Teil Feigheit. Wie dem auch sei«, schloß sie, »ich glaube, ich habe keinerlei moralischen Einwand mehr, und wenn ich erst einmal meine Instinkte verloren habe, so wird es schon recht sein, und wir können noch einmal von vorn beginnen.« »Leider kann ich dir nicht viel helfen«, antwortete Helen, »ich kann nur immer wieder sagen, daß ich dir, was du auch tust und wie sehr du mich auch verletzt, anscheinend vertraue, dir selbst zum Trotz.« Adele seufzte. »Wie hoffnungslos unzulänglich ich doch bin«, sagte sie.

Eine so vollständige Ablehnung kam nie wieder vor, aber allmählich entstand eine neue Gegensätzlichkeit zwischen ihnen. Adele bemerkte, daß Helen ein Reagieren von ihr forderte und immer schon, bevor Adele so weit war. Ihre Pulse schlugen unterschiedlich. Bei ihr ging es nicht so schnell, und Helens erschöpfte Nerven konnten nicht länger warten. Adele fühlte sich ständig gedrängt, weil Helen litt. Sie ging weiter, als sie ehrlicherweise konnte, da sie nicht imstande war, einer, die alles gegeben hatte, etwas zu verweigern. Das war eine falsche Einstellung. Alle Reaktionen mußten jetzt verschwiegen werden, denn es war offensichtlich, daß Helen diese Anstrengung nicht länger ertragen konnte. Beider alte Offenheit war nicht mehr möglich, und Adele hörte auf, sich frei zu äußern.

Sie merkte, daß ihre Haltung mißverstanden wurde, und daß Helen ihre Langsamkeit als wesentlichen Mangel auffaßte. Dies war das unvermeidliche Ergebnis eines Zustands, in welchem sie ständig gezwungen war, sich selbst voraus zu sein. Sie war gekränkt und beunruhigt, und je größer ihre Zuneigung zu Helen wurde, desto reizbarer wurde ihre Unzufriedenheit.

Eines Abends hatten sie abgemacht, sich in einem Restaurant zu treffen und etwas zu essen, bevor sie zu Helen aufs Zimmer gingen. Adele, die eine halbe Stunde zu spät kam, fand Helen in einem Zustand großer Aufregung vor. »Was ist denn los?« fragte Adele. »Los!« wiederholte Helen. »Du hast mich auf dich warten lassen, und ein Mann ist hereingekommen und hat mich angesprochen, und es ist das erste Mal, daß ich je so beleidigt worden bin.« Adele starrte sie erstaunt an. »Ist ja furchtbar!« rief sie. »Was erwartest du eigentlich, wenn du abends allein ausgehst. Du mußt schon bereit sein, die Konsequenzen auf dich zu nehmen. Die Männer tun durchaus nichts Unrechtmäßiges.« »Nichts Unrechtmäßiges! Sie haben kein Recht, mich zu beleidigen.« Adele schüttelte den Kopf in langsamer Verwunderung. »Werden wir je unsere gegenseitigen Standpunkte verstehen«, sagte sie. »Eine Sache, die mir, die ich nicht von dieser Welt und unheroisch bin, so simpel und unvermeidlich erscheint und der ich Dutzende Male ruhig begegne, scheint dich ganz und gar aus der Fassung zu bringen, während andererseits – doch nein, wir wollen nicht in die Einzelheiten gehen, iß etwas, das wird dich aufheitern!«

»Wenn du wesentlich später gekommen wärest«, sagte Helen, als sie auf dem Heimweg waren, »wäre ich weggegangen und hätte nichts mehr mit dir zu tun gehabt, bis du dich entschuldigt hättest.« »Pah!« rief Adele aus. »Ich habe nichts gegen das Entschuldigen, ich habe nur etwas gegen das Unrechthaben. Du bist ja wie ein Geschichtenbuch«, fuhr sie fort, »du glaubst noch an die göttlichen Rechte von Helden und vornehmen Damen. Du meinst, es gebe irgendeine höhere Macht, die die niedere Welt erzittern läßt, wenn du sagst ›Mann, wie können Sie es wagen!‹ Das ist schön und gut, wenn sich dein Gegenüber erschrecken lassen will – wenn aber nicht, gewinnt der Stärkere.«

Sie waren schon eine Weile zusammen auf dem Zimmer, als Helen das Schweigen brach. »Ich frage mich«, sagte sie, »warum ich dazu verurteilt bin, mich immer für Menschen zu interessieren, die so hoffnungslos unzulänglich sind.« Adele sah sie ein paar Augenblicke an und ging dann im Zimmer auf und ab. Sie kehrte an ihren Platz zurück, das Gesicht sehr still und gefaßt. »Oh! Es hat nichts zu bedeuten, ich habe nichts Bestimmtes gemeint«, sagte Helen, »ich habe nur über das alles nachgedacht.« Adele gab keine Antwort. »Ich finde, du könntest Geduld mit mir haben, wenn ich nervös und müde bin«, fuhr Helen verdrossen fort, »und brauchtest dich nicht zu ärgern über alles, was ich sage.« »Ich könnte ausreichend Geduld haben, wenn ich nicht glaubte, daß es dir mit dem, was du gesagt hast, wirklich ernst war«, antwortete Adele. »Es ist mir ja egal, was du sagst, das Problem ist, daß du tatsächlich davon überzeugt bist.« »Aber du hast es doch selbst immer wieder gesagt«, beschwerte sich Helen. »Das stimmt durchaus«, gab Adele zurück, »aber ich habe das Recht, es zu sagen und auch überzeugt davon zu sein, du hingegen nicht. Wenn du davon überzeugt bist, bekommt die ganze Sache ein anderes Gesicht. Es macht die Situation unerträglich.« Sie schwiegen, Helen nervös und unruhig, Adele starr und still. »Ach, warum kannst du es nicht vergessen?« schrie Helen schließlich. Adele erhob sich. »Schon gut«, sagte sie, »mach dir keine Sorgen. Du bist völlig übermüdet, komm leg dich hin und schlafe.« Sie blieb noch eine Weile bei ihr und ging dann in einen anderen Raum, um zu lesen. Sie wurde aus einer unangenehmen Träumerei gerissen, als Helen plötzlich eintrat. »Ich hatte einen so schrecklichen Traum«, sagte sie, »ich dachte, du seist wütend und hättest mich für immer verlassen. Geh nicht weg, bitte bleib bei mir.«

»Du hast mir noch nicht vergeben?«, fragte Helen am nächsten Morgen, als Adele gerade gehen wollte. »Es ist keine Frage des Vergebens, es ist eine Frage deines Gefühls«, entgegnete Adele fest. »Du hast noch kein Zeichen gegeben, daß du nicht überzeugt warst von dem, was du gestern abend gesagt hast.« »Ich weiß nicht, was ich gesagt habe«, wich Helen aus, »ich bin bekümmert und geplagt und besorgt, und du machst alles nur schwerer für mich und beschuldigst mich dann, Dinge gesagt zu haben, die ich nicht hätte sagen sollen. Nun ja, vielleicht hätte ich es nicht sagen sollen.« »Aber nichtsdestoweniger bist du überzeugt davon«, erwiderte Adele hartnäckig. »Ach, ich weiß nicht, wovon ich überzeugt bin. Ich bin so hin- und hergerissen und voller Sorgen, kannst du mich nicht in Ruhe lassen?«

»Du hast kein Recht, deinen Schmerz unablässig als Waffe einzusetzen!« entfuhr es Adele zornig. »Was willst du damit sagen?« fragte Helen fordernd. »Ich will damit sagen, daß du mich in die Enge treibst mit deinem Schmerz und mich hinterher für die ganze Sache verantwortlich machst. Ich bin willens, meine eigenen Schwierigkeiten zu vertreten, aber die ganze Verantwortung für deine werde ich auf Dauer nicht übernehmen.« »Ja, bist du denn nicht verantwortlich?« fragte Helen, »Habe ich irgend etwas anderes getan, als passiv zu sein, während du tatest, was dir beliebte? Ich war bereit, das alles mitzumachen, aber ich habe nicht einen Schritt getan, um dich festzuhalten.« Adele starrte sie an. »Das also ist deine Version der Lage, nicht wahr? Nun ja, dann hat es keinen Zweck, noch ein Wort zu sagen.« Sie war schon im Aufbrechen, stand dann aber unentschlossen an der Tür. Helen ließ den Kopf auf die Arme fallen. Adele kehrte um und blieb auf sie niederblickend stehen, unerbittlich und unglücklich. »Oh, ich werde noch wahnsinnig«, stöhnte Helen. Adele stand regungslos. Helens Hand fiel herab, und Adele nahm Helen, neben ihr hinkniend, sehr liebevoll in die Arme, aber beiden war bewußt, daß keine von beiden nachgegeben hatte.

Sie hatten einander viel zu gern, um es je auf ein Ultimatum ankommen zu lassen, denn sie spürten, daß sie es doch nicht einhalten würden. Die Frage der Werte und Verantwortlichkeiten in ihrer Beziehung wurde nicht wieder offen zwischen ihnen erörtert. Unter der Hand, vielleicht unbewußt, aber nichtsdestoweniger beharrlich, schob Helen nun die Last der Entscheidung auf Adele. Wie es eigentlich dazu kam, wurde ihr nie ganz klar, aber es war jetzt unvermeidlich immer Adele, die anfangen und um das nächste Treffen bitten mußte. Helens Haltung wurde die eines Menschen, der, ängstlich darauf bedacht, alles zu geben, durch Zeit und Umstände leider daran gehindert wird. Adele war sicher, daß es nicht so war, daß Helen nicht mehr interessiert war, doch nutzte sie gleichwohl, absichtlich oder nicht, den Umstand voll und ganz aus, daß Adele nun ebenso stark interessiert war.

Adele rieb sich in dieser neuen Rollenverteilung auf, sah aber ein, daß dies nicht mehr als gerecht war. Ja, ihre Unterwerfung ging sogar noch weiter. In der Nacht ihrer Auseinandersetzung hatte sie erstmals begriffen, wie Helen ihre bisherige Beziehung verstand, und nun opferte sie viele anstrengende Nächte dem Bemühen zu entscheiden, ob diese Auffassung richtig und ob sie selbst wirklich in diesem Ausmaß verantwortlich war. Im Lauf der Zeit wurde sie hoffnungslos verwirrt und unglücklich über die ganze Sache.

Eines Nachts lag sie trübsinnig und untröstlich in ihrem Bett. Plötzlich brach es aus ihr heraus, »Nein, ich bin nicht so gemein. Helen hat es fast geschafft, mir einzureden, daß ich es sei, aber ich bin es wirklich nicht. Wir haben uns beide mit offenen Augen darauf eingelassen und Helen genauso bewußt wie ich. Ich habe sie nie absichtlich leiden lassen, so sehr sie das auch glauben mag. Nein, wenn man sich darauf einläßt, muß man auch den Willen haben, für das ganze Spiel einzustehen und die volle Verantwortung für den eigenen Anteil zu übernehmen.«

»Weißt du, ich verstehe deine Einstellung überhaupt nicht«, sagte Adele am nächsten Tag zu Helen. »Ich denke gerade an deine Entrüstung über jene Männer, die dich an dem Abend angesprochen haben, als wir den Streit hatten. Mir scheint, man muß darauf vorbereitet sein, nicht nur die sichtbaren Folgen seiner Handlungen auszuhalten, sondern auch deren Implikationen. Leute von deiner heldenhaften Art, ihr betrachtet euch schon als Helden, wenn ihr nichts weiter tut als wir anderen alle, die wir darin nur ein bescheidenes Sichfügen in die unvermeidliche Notwendigkeit sehen«. »Was soll das heißen?« fragte Helen. »Nun, einfach, daß man, sobald man Grenzen überschreitet, keinen Anspruch auf rechtschaffene Entrüstung hat, wenn man erwischt wird«. »Das hängt ein wenig von der Art und Weise der Überschreitung ab«, antwortete Helen, »man kann Grenzen auch so überschreiten, daß die eigenen Rechte respektiert werden müssen.« »Das Recht, etwas Unrechtes zu tun?« fragte Adele. »Nein, denn wenn man es so tut, ist es nicht unrecht. Du hast noch nicht begriffen, daß die Dinge keine solche harten und festen Trennungslinien haben, aber ich verstehe, was du meinst. Du protestierst, weil ich aufgehört habe, alles auszuhalten, was von dir kommt. Du hast keine Ahnung von all dem, was ich schon vergeben habe.« »Ich habe es im Spaß gesagt und sage es jetzt im Ernst«, antwortete Adele ärgerlich, »du bist heillos arrogant. Bist du denn die einzige, die aushalten und vergeben mußte?« »Oh, ja. Ich vermute, du glaubst, auch du hättest ernstliche Opfer gebracht, aber ich sage dir, daß ich eigentlich nie gemerkt habe, was für einen absoluten Zorn ich zu fühlen imstande war, bis zu jener Nacht, als ich dich küßte und du mich so weggestoßen hast, weil du nicht wußtest, was du eigentlich wolltest.« »Du bist unerträglich«, erwiderte Adele heftig, »ich sehe wenigstens ein, daß ich nicht immer im Recht bin, aber du, du bist unfähig, überhaupt etwas außer deinem eigenen Standpunkt zu verstehen oder auch nur entfernt den Wert einer Demut zu begreifen, die einen Irrtum eingesteht.« »Demut«, wiederholte Helen, »das ist ein befremdlicher Anspruch, den du da für dich selbst erhebst.« »Mag sein«, entgegnete Adele, »alles ist relativ. Ich habe meine Tugend erst erkannt, als sie durchs Gegenteil ans Licht gebracht wurde.« »Oh, ich könnte auch demütig sein«, gab Helen zurück, »wenn ich jemanden sähe, der einen höheren Anspruch wirklich einlöste, aber das ist noch nicht vorgekommen.« »Nein, und bei deiner angeborenen Blindheit ist es auch nicht wahrscheinlich, daß es je vorkommt, sehr richtig.« »Nein, es ist nicht Blindheit, es ist deswegen, weil ich Werte verstehe, bevor ich nach ihnen handle. Oh, ja, ich weiß, du bist großmütig genug, wenn du erst heimgegangen bist und Zeit gehabt hast, alles zu überdenken, aber was zählt, ist die Großmut des instinktiven Handelns, und was die angeht, so glaube ich nicht, daß stärkere Zweifel darüber bestehen, wer besser ist von uns beiden.« »Wie du willst!« schrie Adele, sprang mit einer fürchterlichen Verwünschung heftig von ihrem Stuhl auf und nahm in derselben Bewegung und einem Gefühl unendlicher Zärtlichkeit und Besorgnis Helen in die Arme und küßte sie. »Was für eine dumme Gans du bist«, sagte Helen vernarrt. »Oh, ja, ich weiß«, antwortete Adele traurig, »aber es ist nichts zu machen, nicht mal einen langen Augenblick kann ich wütend bleiben. Die Reue kommt zu schnell, aber nichtsdestoweniger habe ich einen unverbesserlich beharrenden Geist, und sobald der Druck weg ist, kehre ich zum alten Refrain zurück. Vergiß nicht, Liebe, du bist wirklich im Unrecht.«

Trotz dieses Ausbruchs von Versöhnung besserte sich ihre Beziehung zueinander nicht wirklich. Helen verfolgte weiterhin ihre Methode, nach der sie Gunst im umgekehrten Verhältnis zur Stärke von Adeles Begehren gewährte, und Adeles Not und innerer Widerstand wuchsen stetig mit dem Anwachsen ihrer Zuneigung.

Es dauerte nicht lange, da wurde die Situation durch das alte Problem der Ansprüche Mabels noch komplizierter. »Im Sommer gehe ich wieder mit Mabel ins Ausland«, sagte Helen eines Tages. Adele gab keinen Kommentar, aber die Frage »Auf wessen Kosten?« ging ihr bohrend durch den Kopf.

Trotz der Überzeugung, daß sie Mabel nichts schuldig war, hatte sie den ganzen Winter hindurch ein unbehagliches Gefühl im Zusammenhang mit ihr gehabt. Sie hatte vermieden, noch einmal nach Boston zu gehen, da sie ihr nicht begegnen wollte. Bei dem Gedanken, sie zu treffen, spürte sie ein Gefühl der Scham. Trotz der Klarheit ihrer Überlegungen konnte sie die Empfindung, das Eigentum einer anderen gestohlen zu haben, nicht loswerden.

Bei den wenigen Gelegenheiten, da die Sache zwischen ihnen zur Sprache kam, gab Helen, während sie auf ihrem Recht bestand zu handeln, wie es ihr beliebte, die Stichhaltigkeit von Mabels Anspruch zu. Sie erklärte wiederholt, daß im Extremfall, wenn sie eine aufgeben müßte, dies Adele wäre und nicht Mabel, weil Mabel es unmöglich aushalten würde, Adele und sie selbst aber stark genug seien, einer solchen Prüfung standzuhalten.

Wie Helen diese widerstreitenden Überzeugungen nun in Einklang brachte, das verstand Adele nicht, aber da ihr eigenes In-Einklang-Bringen für sie alles andere als überzeugend war, konnte sie Gewissenserklärungen der Freundin auch nicht erwarten. Die Bemerkung über die Auslandsreise, die wahrscheinlich auf Mabels Kosten unternommen wurde, konfrontierte sie einmal mehr mit der Situation. Sie hatte einen ausgeprägten Sinn für die Unantastbarkeit finanzieller Verpflichtungen. Bei allem, was mit Geld zu tun hatte, erachtete sie die notwendige Gegenleistung für den empfangenen Wert als oberstes Gebot. Vielleicht hatte Helen ja selbst Geld, doch zweifelte Adele sehr daran. Sie wollte es unbedingt wissen, gestand sich aber ein, daß sie diese Frage nicht zu stellen wagte.

Die Erkenntnis, daß Helen bereit war, so etwas von Mabel anzunehmen, tröstete sie ein wenig. Sie verlor dadurch Mabel gegenüber ihr eigenes Gefühl von Scham. »Letztlich«, dachte sie, »habe ich ihr in Wirklichkeit gar nichts weggenommen. Sie wird am Ende doch gewinnen, so daß ich ihr mit einem reineren Gewissen gegenübertreten kann.« Dann teilte sie Helen mit, sie habe die Absicht, vor ihrer Rückreise nach Europa eine Woche nach Boston zu gehen. Helen sagte nichts, aber es war offensichtlich, daß sie nicht wollte, daß Adele ging.

In diesem letzten gemeinsamen Monat war weniger Offenheit und Vertrauen zwischen ihnen als zu irgendeinem Zeitpunkt ihrer gesamten Beziehung. Helen schien zufrieden und gleichgültig, und wenn Adele irgendwelche Zweifel äußerte, blieb sie immer beharrlich bei der Antwort, daß sie völlig unverändert sei. Adele spürte, daß ihr eigenes Mißtrauen, ihre Widerspenstigkeit und ihre Zuneigung stetig wuchsen. Sie war tief verstimmt über Helens jetziges Verhalten, was dasjenige eines Menschen war, der einem unzufriedenen Bittsteller alles und mehr als alles gewährte. Sie empfand Helens unablässiges Verweisen auf die Opfer, die sie brachte, und zu alledem noch die Unmöglichkeit, sie zu befriedigen, als gleichermaßen unwahrhaftig und beleidigend, doch waren die Voraussetzungen zwischen ihnen mittlerweile so, daß keine Erklärungen möglich waren.

Helens Verhalten war jetzt ein Triumph der Passivität. Adele war gezwungen, das mit soviel Fassung, wie sie aufbringen konnte, zu akzeptieren. Ihr einziger Trost lag in der

Befriedigung ihres Stolzes, als sie Helens Unterlegenheit in dieser echten Prüfung ihrer Großmut erkannte. Wenn sie nun zusammen waren, schienen sie die Plätze völlig gewechselt zu haben. Helen war irritierend und unbefriedigend, Adele geduldig und nachsichtig.

»Ich frage mich, ob wir uns in Italien sehen werden«, sagte Adele eines Tages. »Das hoffe ich doch sehr«, antwortete Helen. »Es ist nur noch gut eine Woche, dann gehe ich nach Boston, und dann bin ich in New York, aber erst ein paar Tage, bevor mein Schiff abgeht«, fuhr Adele fort, »wann sehe ich dich?« »Montag abend«, schlug Helen vor. Adele war einverstanden, »Gut.«

Montag morgen erhielt Adele eine Nachricht von Helen mit der Erklärung, daß die Ankunft einer Freundin es ihr unmöglich mache, sie vor Ende der Woche allein zu sehen, daß sie sich aber freuen würde, wenn sie mit ihnen zum Lunch käme. Adele war tief verletzt und von bitterem Unmut erfüllt. Sie durchschaute Helens Absicht mit dieser Verzögerung, ob es nun bewußt war oder nicht. Die Einsicht, daß Helen, um ihre Ziele zu erreichen, nicht zögern würde, ihr jede Menge Schmerz zuzufügen, weckte in ihr ein Gefühl krankhafter Verzagtheit. Sie schrieb einen kurzen Brief, in dem sie sagte, daß sie nicht glaube, ihre Anwesenheit bei diesem Lunch könne sonderlich viel zur Völkerbelustigung beitragen, daß sie aber, falls Helen etwas daran läge zu kommen, am Abend zu Hause wäre. Sie erhielt eine eilige Antwort, gespickt mit energischem Widerspruch, aber am alten Plan festhaltend. »Ich nehme an, das ist das Ende der Geschichte«, sagte sich Adele.

»Die Situation scheint völlig aussichtslos«, schrieb sie, »wir sind sehr viel gefühlskälter und verstehen einander weniger als zu irgendeinem Zeitpunkt unserer ganzen Bekanntschaft. Es ist vielleicht meine Schuld, aber nichtsdestoweniger finde ich Dein Verhalten unerträglich. Du brauchst kein Unbehagen wegen meiner Reise nach Boston zu fühlen. Ich werde keine Schwierigkeiten machen, und was die Vergangenheit betrifft, so ist mir klar geworden, daß ich tatsächlich in keiner Weise zwischen Euch getreten bin, zumal Ihr beide ja noch alles habt, was wirklich lebenswichtig für Euch ist.«

»Ich glaube, damit ist die Sache erledigt«, sagte sie düster, als sie den Brief in den Postkasten warf. Helen gab kein Zeichen. Die Tage vergingen sehr schnell für Adele. Ihr ganzes unmittelbares Bewußtsein empfand die definitive Beendigung der Situation als große Erleichterung. Solange man die Nesseln fest anpackt, brennt es nicht. Der beißende Schmerz setzt ein, wenn der Griff sich zu lockern beginnt. Unmittelbar im Augenblick eines Unheils liegen die Unterströmungen von Schmerz, Reue und vergeblichem Bedauern tief unter den Ruinen der zusammenstürzenden Gebäude begraben, und erst, wenn die ganze Masse sich zu setzen beginnt, quellen sie hier und da hoch und stürzen zuletzt in einer überwältigenden Flut bitterer Schmerzen hervor. Adele war in diesen ersten Tagen, die so schnell vergingen, friedlich und beinah zufrieden. Es war fast schon am Ende der Woche, als sie eines Tages, durch die Innenstadt schlendernd, Helen in der Entfernung sah. Das versetzte ihr einen plötzlichen Schlag, und zunächst war sie benommen, nicht erregt davon, aber allmählich nahmen die Leidenschaft ihrer eigenen Sehnsucht und das Mitleid mit Helens möglichem Schmerz sie völlig in Beschlag. Ohne sich Zeit zum Nachdenken zu nehmen, schrieb sie ihr und teilte ihr mit, daß ihr, als sie sie gesehen habe, die Intensität ihrer eigenen Zuneigung bewußt geworden sei, daß sie aber nicht das Gefühl habe, im Gefühl oder im Ausdruck ihrer Verstimmung im Unrecht gewesen zu sein, doch sei sie, wenn Helen gern kommen würde, am Morgen zu Hause, um sie wiederzusehen. »Natürlich komme ich«, antwortete Helen.

Als sie sich trafen, versuchten sie, ihre Verlegenheit mit Allgemeinplätzen zu überspielen. Auf einmal gab Adele dies freimütig auf und ging zum Fenster und starrte unerschrokken hinaus auf die Bäume. Helen, im Raum zurückgelassen, kämpfte noch mit sich, ließ es schließlich sein und kam ans Fenster.

Es lag kein Feuer in ihrer Wiederversöhnung, beide hatten sich zu weit entfernt. Allmählich kamen sie zwangloser zusammen, aber auch dann gab es keine offene Aussprache zwischen ihnen. »Solange du eine Verwundung in dir hast, über die du nicht sprichst, kann nichts zwischen uns richtig sein«, sagte Helen, aber auf diese Aufforderung hin konnte Adele keine offene Antwort geben. Es gingen ihr Dinge durch den Sinn, von denen sie bestimmt wußte, daß Helen sie nicht aushielte, wenn sie sie ausgesprochen hörte, und daher konnten sie sich in gegenseitiger Anhänglichkeit, nicht aber in gegenseitiger Aufrichtigkeit begegnen.

»Dein Brief hat mich doch arg aufgewühlt«, sagte Helen ein paar Stunden später. »Ja, ich fürchte sogar, ich bin ohnmächtig geworden.« »Aber du hättest kein Wort zu mir gesagt, egal, wie sehr du wußtest, daß ich darauf wartete?« fragte Adele. »Nein«, antwortete Helen, »wie konnte ich?« »Wir sind beide stolze Frauen«, sagte Adele, »aber bei mir nimmt es nicht diese Form an. Solange ich glauben könnte, daß dir möglicherweise etwas an uns liegt, würde mich kein noch so großer Schmerz und keine noch so große Demütigung davon abhalten, zu dir zu kommen. Du siehst doch ein, nicht wahr«, fragte sie ernst, »daß meine Hingabe und Loyalität dir gegenüber, egal, wie schlecht ich mich benehme oder was ich auch sage, absolut ist?« »Ja«, antwortete Helen, »das weiß ich. Auch ich habe meine Lektion gelernt und vertraue dir wirklich immer.« Beide merkten deutlich, daß Adele gelernt hatte, zu lieben und Helen zu vertrauen, aber doch war kein wirklicher Friede zwischen ihnen.

»Mach dir keine Sorgen um mich, ich werde in Boston in keinerlei Schwierigkeiten geraten«, sagte Adele aufmunternd, als sie Abschied voneinander nahmen. »Du kommst Sonntag zurück?« fragte Helen. »Ja, und werde dich Sonntag abend besuchen, und dann noch ein paar Tage, und ich bin auf dem Ozean. Wenn wir keine Funktelegramme wechseln, werden wir für kurze Zeit gar nicht in Schwierigkeiten kommen können.«

Aus Boston schrieb Adele einen Brief an Helen, lauter Unsinn und Verliebtheit. Unmittelbar vor ihrer Rückreise erhielt sie eine knappe und distanzierte Antwort.

»Was ist denn schief gelaufen«, sagte sie ungeduldig, »gibt es denn niemals Frieden?«

Als sie am Sonntag abend in Helens Wohnung kam, war Helen noch nicht da. Sie setzte sich hin und wartete ungeduldig. Nach einer Weile kam Helen herein, strahlend und herzlich, aber sehr ungewohnt. Adele beobachtete sie ruhig. Helen lief hin und her und redete ununterbrochen. Adele reagierte nicht und sah sie ganz gleichmütig an. Endlich kam Helen zur Ruhe. Adele sah sie noch eine Zeitlang an und lachte dann. »Schämst du dich denn nicht?« fragte sie. Helen nahm einen Anlauf, heldenhaft zu sein, aber es gelang ihr nicht. »Ja, doch«, gab sie zu, »aber dein Brief war so angeberisch, und du hast mir so viel zu schaffen gemacht, daß ich der Versuchung nicht widerstehen konnte. Also gut, ich schäme mich, aber es fällt mir schwer, es zu sagen.« Adele lachte fröhlich. »Na schön, dies ist das erste und wahrscheinlich letzte Mal in deiner Geschichte, daß du erkennst, was du falsch gemacht hast, laß uns also feiern«, und damit war Friede zwischen ihnen.

Es war jedoch kein Friede von langer Dauer, denn bald schon tauchte alles wieder auf. Helen war abermals unergründlich und Adele verstimmt und unglücklich.

Tags darauf sollte Adeles Schiff gehen, und sie verbrachten den letzten Morgen zusammen. Adele war bitter unglücklich über die ganze Ungewißheit, Helen recht friedlich und zufrieden. Um ihre Gefühle zu verbergen, ging Adele an einen Bücherschrank und begann zu lesen. Daran hielt sie entschlossen fest, bis Helen verärgert zu ihr hinkam. »Hach«, sagte sie, »warum verbringst du unseren letzten gemeinsamen Morgen auf diese Weise?« »Weil ich ziemlich unglücklich bin«, entgegnete Adele. »Nun, du solltest es lieber machen wie ich und mit dem Unglücklichsein warten, bis du weg bist«, antwortete Helen. Adele erinnerte sich an ihren Abschied ein Jahr zuvor, als Helen anderer Ansicht gewesen war. »Ich könnte entgegnen«, begann sie, »aber nein, ich glaube, ich tu's nicht«, fügte sie hinzu. »Daß ich auch dann nicht unglücklich bin, wolltest du sagen?« fragte Helen. »Nein, ich wollte nicht ganz so deutlich sein«, antwortete Adele und wanderte dann untröstlich im Zimmer auf und ab. Zuletzt kam sie wieder und setzte sich auf die Lehne von Helens Stuhl, hielt aber betrübt an sich. »Warum entziehst du dich mir, wenn du unglücklich bist?« brach es aus Helen heraus. »Hast du denn gar kein Vertrauen zu mir?«

Wenig später war Adele schon im Aufbruch. Sie standen an

der Tür und sahen einander gespannt an. »Liegt dir wirklich noch etwas an mir?« fragte Adele schließlich. Helen war ärgerlich und ließ die Arme fallen. »Du bist unmöglich«, antwortete sie. »Nie zuvor in meinem Leben habe ich jemandem mehr als eine Chance gegeben, und du, du hast siebenmal siebzig gehabt und bist nicht besser als zu Beginn.« Sie küßte sie resigniert. »Du hast es geschafft, mich umzubringen«, sagte sie traurig, »und jetzt setzt du alles daran, dich selbst umzubringen. Leb wohl, ich komme heut abend nochmal kurz zu dir.«

Am Abend begannen sie ein mögliches Treffen in Italien zu besprechen. »Wenn ich dich dort treffe«, erklärte Adele, »dann muß ich es eigens einplanen, denn wenn alles regulär verlaufen würde, wäre ich in Frankreich, da mein Cousin nicht vorhat, diesen Sommer in den Süden zu fahren. Es ist eine Frage, die du unbedingt entscheiden mußt. Einen Grund, weshalb ich nicht kommen sollte, gibt es nicht, ausgenommen, ob es dir zusagt oder nicht. Was Mabel betrifft, so weiß sie ja, daß ich dich gern habe, und also ist es nicht nötig, daß ich meine Gefühle verberge. Es ist nur eine Frage von dir und deinen Wünschen. Du kannst es nicht mir überlassen«, schloß sie, »denn, wie du weißt, habe ich keine Kraft, der Versuchung zu widerstehen, aber ich bin stark genug, das zu tun, was du sagst. Also mußt du entscheiden.« »Ich kann meine Gefühle allemal verbergen, es wäre also vollkommen sicher, auch wenn du es nicht kannst«, antwortete Helen. »Ich fürchte jedoch, ich habe nicht mehr Kraft als du, der Versuchung zu widerstehen. Aber ich will nochmal darüber nachdenken.« Dann, im Augenblick ihres Abschieds entschied sich Helen. »Ich glaube, Liebe, es ist besser, du kommst«, sagte sie. »Gut«, antwortete Adele.

2

Es gab nichts, was Mabel Neathe und Helen Thomas von der amerikanischen Durchschnittstouristin unterschied, als sie die Via Nazionale hinunter gingen. Ihre Hemdblusenkleider in ordentlicher Länge, ihre Schleier, die in unansehnlichen Falten von ihren Hüten herabhingen, die kleinen Handtaschen mit der Stahlkette, die sie fest in der Linken hielten, ihre kerzengerade Haltung und die Zielstrebigkeit ihrer Beobachtung, alles kennzeichnete sie als integralen Bestandteil jener nationalen Schwesternschaft, die eine viel kompromißlosere Familienähnlichkeit aufweist als eine europäische Gruppe von Schwestern, die alle genau gleich geschneiderte Kleider anhaben.
Diese allgemeine amerikanische Schwesternschaft hat eine tiefere Konformität als die spezifische europäische, weil es sich bei der Amerikanerin um eine Konformität von innen nach außen handelt. Sie sehen alle gleich aus, nicht weil sie es so wollen oder weil sie dazu gezwungen wären, sondern einfach, weil es ihnen an individueller Phantasie fehlt.
Die europäische Schwesternschaft paßt sich einer gemeinsamen Norm an, aus Wirtschaftlichkeit oder weil es eine Tradition ist, der sie sich unterwerfen müssen, aber es gibt immer den rührenden Versuch, ein Gefühl von Individualität zu betonen durch eine unterschiedliche Stickerei auf dem Kragen oder eine etwas anders gebundene Schleife und manchmal sogar, sehr gewagt, durch eine ganz andere Blume auf dem Hut.
Diese beiden Amerikanerinnen nun waren wie all die anderen. Sie hatten das gleiche Bedürfnis nach überquellendem Leben, die gleiche aus innerem Zwang zurückhaltende Art sich zu bewegen, die sie vom Leben um sie herum fernhielt,

und das gleiche tiefernste, aber nicht begeisterte Interesse an den Dingen, die man gesehen haben muß. So gingen sie pflichtgemäß und zielstrebig, erfüllt von der Notwendigkeit, sich vieles ansehen zu müssen, inmitten einer ihnen fremden Masse aus sehr irdischer Spontaneität, deren idealer Ausdruck die Begeisterung ist.

Hinter ihnen kam aus einer Nebenstraße eine junge Frau, deren Hemdblusenschnitt allein schon ihre amerikanische Herkunft verriet. Groß und kräftig, üppig, vollbusig und fröhlich, schien sie in der Fülle des römischen Lebens aufgegangen zu sein. Sie schritt glücklich dahin, den weißen Panamahut schön weit zurückgeschoben und ein erwiderndes Lächeln im Gesicht, da sie die amüsierten Blicke auffing, die auf sie fielen. Als sie die beiden vor sich sah, fing sie an zu laufen, klopfte ihnen auf die Schulter, worauf sie sich ruckartig umdrehten, und begrüßte sie mit dem Nationalgruß »Hallo«.

»Aber Adele«, rief Helen aus, »wo kommst du denn her? Du siehst so braun und weiß und sauber aus, als wärst du gerade dem Meer entsprungen.« Und damit gingen sie alle gemeinsam weiter. Adele unterhielt sich lebhaft mit Mabel, bis sie zur Wallfahrtskirche Santa Maria Maggiore kamen. Im Schutz der großen freundlichen Halle tauschte sie ein paar Worte mit Helen. »Wie geht's?« fragte sie. »Sehr schlecht«, antwortete Helen.

Eine Weile gingen sie alle zusammen herum, dann kamen sie überein, hinaus in die Campagna zu fahren. Sie waren sich alle deutlich der Tatsache bewußt, daß die Zusammensetzung ihrer Gruppe höchst unerwünscht war, doch wurde dieses Gefühl von einer begeisterten und beinahe überzeugend freundlichen Spontaneität überdeckt, und tatsächlich waren die Spontaneität und Freundlichkeit nicht erzwungen oder geheuchelt, denn wenn sie nicht alle viel lieber etwas anderes gewollt hätten, würden sie große Freude gehabt haben an dem, was sie hatten. Wie es nun einmal war, reichte die Freundlichkeit aber nahezu aus, um vielen Augenblicken ihrer Gemeinsamkeit ein solides Fundament zu verleihen.

Sie verbrachten den Tag zusammen und auch den nächsten, und bis dahin begann die Spannung ihrer falschen Stellung zueinander sich auf sie alle auszuwirken.

Die Last, ständig für Unterhaltung zu sorgen und ununterbrochen Ruhe und Frieden zu wahren, begann Adeles Gutmütigkeit aufzuzehren, und gelegentlich zeigte sie schon Anzeichen ungeduldiger Langeweile. Zunächst ging Mabel nur zu lebhaft auf die ihr von Adeles angebotene Unterhaltung ein, doch kam es allmählich zu einer Veränderung. Helen war ständig deprimiert und schweigsam, und Adele, die ihr Zeit zur Erholung geben wollte, widmete sich ständig der Unterhaltung Mabels. Dies brachte Mabel anscheinend erstmals auf den Gedanken, daß Adeles hingebungsvolle Bereitschaft nicht nur akzeptiert, sondern voll und ganz erwidert wurde. Diese Erkenntnis wuchs immer weiter in ihren Gedanken. Sie hörte nun auf, Adele zu beobachten, und achtete stattdessen fortwährend und hartnäckig auf Helen. Sie wurde reizbar und beinahe unverschämt. Nie zuvor in ihrer Dreierbeziehung hatte sie Adeles Anwesenheit übelgenommen, jetzt aber fing sie sehr entschieden damit an.

Am Abend ihres zweiten gemeinsamen Tages gingen Helen und Adele eine halbe Stunde allein spazieren. »Es scheint wirklich schlecht zu gehen, was ist denn das Problem?« fragte Adele. »Ich weiß nicht genau warum, aber in diesem Sommer ist Mabel eifersüchtiger denn je. Das bist nicht nur du«, beeilte sie sich zu erklären, »es ist bei jedem Menschen, an dem ich noch so geringfügig interessiert bin, dasselbe. Was dich betrifft, so kann nichts sie zu der Annahme bewegen, daß du nur hierher gekommen seist, weil du bisher noch nie hier gewesen bist und Rom sehen möchtest. Sie hat sich ausdrücklich geweigert, deinen Brief an mich zu lesen, den ich ihr zeigen wollte.« Adele lachte. »Wie du das nur aushältst!« sagte sie. »Was erwartest du? Mabel wäre ja eine Närrin, wenn sie etwas anderes als die Wahrheit glauben würde, denn schließlich hätte ich mich auch noch ein Jahr ohne Rom durchschlagen können.« Nach einer Weile begann Adele erneut. »Ich will nicht, daß du dir überhaupt Gedanken um mich machst. Ich bin durchaus in der Lage, auf mich selbst achtzugeben. Wenn du meinst, es sei besser, daß ich verschwinde, gehe ich.« »Nein«, sagte Helen müde, »das würde jetzt nichts nützen.« »Ich bin so sehr in deiner Schuld nach allem, was du mich gelehrt hast«, fuhr Adele aufrichtig fort, »und mein Vertrauen zu dir ist jetzt bedingungslos. Solange du mir das gibst, zählt alles andere nicht.« »Du bist sehr großmütig«, murmelte Helen. »Nein, es ist nicht Großmut«, insistierte Adele, »es ist nichts als Gerechtigkeit, denn du bedeutest mir wirklich sehr viel. Das glaubst du mir doch.« »Ja, ich glaube es«, antwortete Helen.

Adele erfüllte die Verpflichtung, die ihr zufiel, sehr gut, nämlich das In-Gang-Halten der ganzen Sache, aber es war eine schwere Strapaze, immer belebend und andererseits immer auf der Hut zu sein. Eines Morgens begann sie eine ihrer altgewohnten lebhaften Diskussionen mit Helen, die bald aufmerksam und interessiert wurde. Mittendrin stand Mabel auf und verließ sie ostentativ. Helen brach das Gespräch ab. »So geht es nicht«, sagte sie, »wir müssen vorsichtiger sein«, und für den Rest des Tages war sie bemüht,

Mabel schönzutun, ihr zu schmeicheln und sie wieder zu beruhigen.

»Warum, im Namen all dessen was herrlich ist, kriechen wir beide eigentlich so vor Mabel?« sagte sich Adele angewidert. »Und was ist es überhaupt, das Helen will? Wenn es die Annehmlichkeit ist, Mabel als Eigentum zu haben, beim Jupiter, dann geht sie einfach zu weit. Helen liebt sie nicht, und falls sie aus reiner Güte und Pflicht handelte und Mabel wirklich schonen wollte, dann würde sie mich auffordern zu gehen. Und was Mabel betrifft, so vermehrt das alles nur ihre ganze angeborene Scheinheiligkeit und unterschwelligen Haßgefühle und ihren Egoismus, und sicher ist sie schon überreichlich ausgestattet mit diesen Veranlagungen. Für mich selbst ist der Fall ziemlich einfach. Ich bin Mabel gegenüber zu nichts verpflichtet, aber ich will Helen, und Helen will, daß ich es will. Das geht wahrhaftig zu weit.« Sie war angewidert und verbittert und hielt sich eine Weile abseits. Daraufhin wurde Helen unruhig. Instinktiv war sie bestrebt, Adele wieder zu animieren durch zufällige momentane Berührungen, durch Modulationen der Stimme und feine Nuancen in ihrem Benehmen, durch all die heiklen bedeutungsbeladenen Signale, die seit einiger Zeit eindeutig ausgeschlossen worden waren zwischen ihnen.

»Was für eine verdammte kleine Prostituierte das ist«, sagte Adele zwischen Lachen und Seufzen zu sich selbst. »Ich weiß, es hat keinen Zweck, um eine Erklärung zu bitten. Sie würde mir sagen, wie Kate Croy ›Ich werde nichts und niemanden opfern‹, und genau das ist ja ihre Situation, sie will und wird alles dransetzen, und zum Teufel nochmal, ich mag sie so gern und glaube irgendwie so sehr an sie, daß ich bereit bin, so weit zu helfen, wie es mir gegeben ist. Außerdem wird mich das bloße Funktionieren der Maschinerie sicherlich sehr interessieren. Pah! Es wäre ja heillos unerfreulich, wenn es nicht so viele Kompensationen dabei gäbe.«

Am nächsten Morgen befand sie sich in sehr niedergedrückter Stimmung. »Ich vermute, mein Problem liegt darin, daß ich traurig bin vor Sehnsucht und krank vor Verlangen«, sagte sie sich betrübt. Dann ging sie los, um die anderen zu treffen.

Helen schien an diesem Tag noch erschöpfter und müder denn je, und sie gab sogar zu, sich nicht sehr wohl zu fühlen. Adele blieb, all ihren Anstrengungen zum Trotz, weiter reizbar und deprimiert. Mabel machte keine Bemerkungen, war aber sichtlich wachsam. Adeles innere Verfassung reagierte auf Helen, deren Augen ihr angestrengt und besorgt folgten. »Helen«, sagte Adele hastig im Schatten eines Kirchenwinkels. »Sieh mich nicht so an, du machst mich ganz nervös, und ich kann das auf die Dauer nicht durchhalten. Es geht mir gut, paß du nur auf dich selbst auf.«

»Ich frage mich, ob Helen ihre frühere Kraft zur Beherrschung verloren hat oder ob die Veränderung in mir liegt«, sagte sie sich später. Vielleicht ist es so, daß ich gelernt habe, die kleinen Abweichungen in ihrem Aussehen und Benehmen deutlicher zu lesen. Ich fürchte jedoch, das ist es nicht. Ich glaube, sie ist wirklich bald am Ende. Es hätte keinen Zweck, wenn ich jetzt wegginge, denn dann wäre Mabel genauso unablässig wie letzten Sommer. So kann ich Helen wenigstens ein wenig Zeit für sich selbst verschaffen, indem ich Mabel beschäftige. Lieber Himmel, sie zahlt aber auch einen hohen Preis für ihr bißchen Vergnügen.«

Die Situation verbesserte sich nicht. Helen wurde ständig deprimierter, und Adele fand es immer schwieriger, das Ganze in Gang zu halten. Sie sehnte sich nach Helen mit leidenschaftlicher Zärtlichkeit, wagte aber nicht, es offen zu zeigen. Sie erkannte, daß es für Mabel keinen vollkommeneren Beweis gäbe als solche sichtbaren Zeichen von Helens Abhängigkeit, weshalb sie gezwungen war, sich in den sehr gelegentlichen Momenten, da sie allein waren, mit kurzen leidenschaftlichen Bekundungen ihrer Liebe, ihres Mitgefühls und Vertrauens zu begnügen. Helen hatte die Energie verloren, sich schnell wieder zu erholen, und folglich konnten sogar diese seltenen Momente nur sparsam genutzt werden.

Eines Nachmittags machten alle drei es sich bequem in Helens und Mabels Zimmer und hielten die übliche Nachmittagssiesta. Adele lag auf dem Bett und sah mit leerem Blick aus dem Fenster hinaus in den blauen, von warmem Sonnenschein erfüllten Himmel. Mabel war auf einer Couch in einer verdunkelten Ecke, und Helen saß an einem Tisch in ihrer Nähe. Nach einer Weile kehrten Adeles Augen in den Raum zurück. Helen saß still, doch unwillkürlich richteten sich ihre Augen auf Adele, als hielte sie Ausschau nach Hilfe und Zuspruch.

Adele sah Mabels Augen groß und absorbierend werden. Sie nahmen Helens ganze Müdigkeit auf, ihren sehnsuchtsvollen Blick und alles, was all das bedeutete. Das Drama der Augen war derart vollendet, daß Adele sich für den Augenblick in dem Schauspiel verlor.

Helen war nicht bewußt, daß sie sich irgendwie verraten hatte, und Adele klärte sie nicht auf. Sie machte sich klar, daß dieses Wissen ihre Kraft zur Beherrschung noch weiter schwächen würde.

Am nächsten Tag entschied Mabel, daß sie Rom tags darauf verlassen sollten, und an diesem Abend gelang es Helen und Adele, ein Abschiedsgespräch zu führen.

»Ich nehme an, es wäre besser, wenn wir uns nicht mehr treffen würden«, sagte Adele, »aber irgendwie gefällt mir dieser Gedanke nicht. Nun, jedenfalls muß ich in Florenz und in Siena sein, denn so lautet die Verabredung, die ich mit Hortense Block getroffen habe, und ich werde dir alle Einzelheiten mitteilen, und dann sehen wir zu, was sich weiter ergibt.« »Ja, es ist alles sehr unglücklich«, antwortete Helen, »aber ich glaube, ich würde dich lieber sehen als nicht.« Adele lachte traurig, dann stand sie da und sah sie an, und ihre Gedanken waren wie immer von ewigem Zweifel erfüllt. »Aber es liegt dir doch etwas an mir?« brach es unvermittelt aus ihr hervor; »weißt du«, fügte sie hinzu, »irgendwie kann ich es nicht glauben, seit ich gemerkt habe, daß mir an dir etwas liegt.« »Ich habe dich nicht mehr so leidenschaftlich gern, leider hast du das alles erstickt in mir, wie du weißt, aber ich hab dich noch nie so sehr gewollt, und ich habe gelernt, dir zu vertrauen und mich auf dich zu verlassen.« Adele schwieg, die Erklärung verletzte sie stärker, als sie zeigen wollte. »Gut«, sagte sie schließlich, »ich muß akzeptieren, was zu geben du imstande bist, und selbst dann noch bin ich hoffnungslos in deiner Schuld.« Nach einer Weile begann sie beinahe zaghaft von neuem. »Mußt du wirklich für Mabel all das tun, was du tust?« fragte sie. »Mußt du dich so unterwerfen? Es ist mir zuwider, mit dir darüber zu sprechen, aber es scheint tatsächlich ein hoffnungsloses Übel für euch beide zu sein.« Helen gab keine Antwort. »Ich liebe dich wirklich sehr«, sagte Adele schließlich. »Das weiß ich«, murmelte Helen.

In der Woche, die Adele nun allein mit Streifzügen durch Rom verbrachte, war sie, trotz des anhaltenden Trennungsschmerzes, von einer großen Heiterkeit erfüllt. Sie fühlte, daß sie und Helen sich nun endlich auf gleicher Ebene getroffen hatten. Sie war nicht länger mehr in der Position, die sie so lange gestört hatte, nämlich der einer unwürdigen Empfängerin, die eine große Gabe annimmt. Sie hatte bewiesen, daß sie fähig war zu Geduld, Ausdauer und Nachsicht. Sie hatte gezeigt, daß sie stark genug war, Macht wahrzunehmen und doch großmütig zu sein, und all dies gab ihr ein Gefühl von Frieden und Befriedigung inmitten ihres stechenden Kummers und hoffnungslosen Verwirrtseins.

Sie überließ sich jetzt ganz der häßlichen, unfruchtbaren, sonnenverbrannten Verlassenheit des hochsommerlichen Rom. Ihre Stimmung aus Einsamkeit und bitterem Kummer, vermischt mit einem Gefühl wiedergewonnener Würde und Kraft, zog tiefe Befriedigung aus den großen verlassenen Plätzen, den riesigen, häßlichen, würdevollen Gebäuden und den großartigen, freundlichen Räumen der Kirchen.

Es dauerte einige Wochen, bevor sie sich wieder trafen, und in dieser Zeit hatte sich die Verzückung ihrer römischen Stimmung verbraucht, und Adele fühlte sich ruhelos und unglücklich. Sie hatte sich solche Mühe gegeben, ihre Melancholie und Verwirrtheit durch endlose Wanderungen über die Hügel von Lucca loszuwerden, war aber nur einsamer, krank und fiebrig geworden.

Ehe sie Rom verließ, hatte sie einen kurzen Brief geschrieben, in dem sie genau angab, wann sie in Florenz und Siena sein würde, so daß, wenn Mabel es wünschte und Helen einwilligte, die beiden ihr aus dem Weg gehen konnten.

Sie kam nach Florenz, und während sie auf eine Freundin wartete, mit der sie nach Siena wandern wollte, lief sie traurig durch die Straßen, bemüht, die Götter günstig zu stimmen, indem sie sich zwang, auf das Schlimmste gefaßt zu sein, aber sie fand es schwierig, herauszubekommen, was dieses Schlimmste wäre: eine Begegnung oder ein Nichterscheinen.

Eines Tages schwelgte sie wie gewöhnlich in dieser düsteren Selbstverspottung. Sie ging in ein Restaurant zum Lunch und traf dort unerwartet auf Mabel und Helen. Adele gab ein kurzes »Hallo, wo kommt ihr denn her?« von sich und saß dann müde und trostlos da. Die anderen gaben kein Zeichen der Überraschung. »Na, du siehst ja schlimm aus, was ist los mit dir?« fragte Mabel. »Ach, ich bin krank und habe Fieber und fühle mich nicht wohl, das ist alles. Ich glaube, ich habe mir auf den Hügeln von Lucca eine Erkältung geholt«, antwortete Adele unbeteiligt, und dann verfiel sie wieder in ein apathisches Schweigen. Nach dem Lunch trennten sie sich. »Wann sehen wir dich wieder?« fragte Mabel. »Oh, ich komme heut abend nach dem Essen kurz vorbei«, antwortete Adele und ließ sie stehen.

»Es ist kein Witz«, sagte sie trübsinnig zu sich selbst, »ich bin ganz schön krank, und was Helen angeht, so scheint sie der Anstrengung weniger erfolgreich denn je standzuhalten, während Mabel offenbar die Lage beherrscht. Heut abend also beginnt das Spiel von neuem«, und sie ging nach Hause, um Kräfte dafür zu sammeln.

An jenem Abend gab es weder mehr noch weniger Befangenheit zwischen ihnen als zuvor, aber es war offensichtlich, daß sich in der Zwischenzeit die Positionen zueinander etwas verschoben hatten. Helen beherrschte die Lage weniger denn je. Adeles Dominanz war im Schwinden begriffen, und Mabel wurde zur beherrschenden Kraft.

Als Adele ging, begleitete Helen sie die Treppe hinunter. Es kam ihr, während Helen sie küßte, zu Bewußtsein, daß sie in der Wahl ihres Standortes nicht so zurückhaltend wie gewöhnlich gewesen waren, denn sie standen direkt unter einer hellen elektrischen Laterne. Sie sagte nichts zu Helen, aber beim Heimgehen dachte sie darüber nach, daß Mabel, wenn sie den Mut zur Offensive hätte, dies heute abend aus ihrem Fenster gesehen haben würde und nun imstande wäre, es als eine berechtigte Beschwerde geltend zu machen.

Den ganzen nächsten Tag mied Adele die beiden, am Abend aber ging sie wieder zu ihnen aufs Zimmer, wie vereinbart.

Mabel war jetzt voll und ganz Herrin, und ebenso voll und ganz hatte Helen ihre Stellung verloren. Adele beachtete beide nicht und widmete sich dem Vortrag eines Monologs über die Nachteile des Wohnens im Ausland. Als sie sich erhob, um zu gehen, rührte Helen sich nicht. »Da ist sicher der Teufel los«, sagte sie sich beim Weggehen.

Am nächsten Tag trafen sie sich in einer Galerie und aßen zusammen zu Mittag. Mabel war aufdringlich dominant, Helen unterwürfig und Adele angewidert und reizbar. »Ist Helen nicht wunderbar gutmütig?« sagte Mabel zu Adele, als Helen nach Ausführung eines ihrer launischen Befehle zurückkehrte. Adele blickte Helen an und lachte. »Das ist nicht gerade der Ausdruck, den ich gebrauchen würde«, sagte sie mit offener Verachtung.

Später an diesem Tag fand Helen einen Moment, in dem sie zu Adele sagen konnte, »Mabel hat uns neulich nachts gesehen, und wir hatten eine schreckliche Szene. Sie sagte, es sei reiner Zufall gewesen, aber ich verstehe nicht, wie das möglich ist.« »Was hat es für einen Zweck, die Farce weiterzuspielen, natürlich habe ich das alles gewußt«, antwortete Adele, ohne sie anzusehen.

Die Situation änderte sich nicht. Am nächsten Tag zeigte Helen ein kunstvoll gearbeitetes antikes Schmuckstück vor, das Mabel ihr gerade geschenkt hatte. Adeles Augen ruhten einen Augenblick auf Helen, dann wandte sie sich vor lauter Verachtung und Angeekeltheit ab. »Ach, es ist einfach Prostitution«, sagte sie bitter zu sich selbst. »Wie eine stolze Frau, und Helen ist eine stolze Frau, sich eine derart erniedrigende Unterwerfung gefallen lassen und derart gemeine Lügen erzählen kann, dem Luxus zuliebe, das läßt mich völlig ratlos. Scheint mir, ich würde lieber verhungern oder wenigstens für meinen Lebensunterhalt arbeiten. Und doch, man weiß nicht, wenn man sehr in Bedrängnis wäre. Man hat gut reden, wenn man alles hat, was man will, und Unabhängigkeit obendrein. Ich weiß nicht, wenn ich stark unter Druck wäre, könnte ich es vielleicht auch tun, um mein Auskommen zu haben, aber es ist doch eine Zumutung.«

Von da an begann Adele noch tiefere Abgründe des Unglücklichseins zu erleben. Ihre bisherigen Stimmungsumschwünge und Verwirrtheiten waren zahm im Vergleich zu denen, die sie jetzt durchlitt. Helen wurde zunehmend besorgter, da sie Adeles Leiden und Niedergeschlagenheit wachsen sah, aber sie wagte nicht, ein Zeichen zu geben, denn Mabel hatte die Dinge selbstherrlich in der Hand.

Am Nachmittag von Adeles letztem Tag in Florenz, kamen Mabel und Helen zu ihr, und während sie da waren, verließ Mabel kurz das Zimmer. Adele nahm Helens Hand und küßte sie. »Leider habe ich dich noch immer lieb«, sagte sie ganz traurig. »Ich weiß, aber ich kann nicht begreifen, warum«, antwortete Helen. »So wenig wie ich selber«, und Adele lächelte betrübt, »aber anscheinend kann ich einfach nicht anders. Nicht, daß ich das wollte, selbst wenn ich könnte«, beeilte sie sich hinzuzufügen. »Es tut mir leid, mehr kann ich nicht für dich tun«, sagte Helen, »aber ich finde es unmöglich.« »Oh, du hast kein Recht, so zu mir zu sprechen«, rief Adele ärgerlich aus. »Ich habe mich nicht beklagt und dich um nichts gebeten, und ich will auch nichts von dir, außer was du mir aus eigenem Antrieb gibst und nicht meinetwegen«, und sie lief ungeduldig im Raum auf und ab. Ehe noch etwas Weiteres hinzugefügt werden konnte, war Mabel wieder da. Helen sah nun so blaß und schwach aus, daß Mabel sie drängte, sich hinzulegen und auszuruhen. Adele raffte sich auf und legte Mabel eine Besorgung nahe, und zwar derart, daß eine Verweigerung ein offenes Eingeständnis des Spionierens gewesen wäre, und das wollte Mabel nicht zugeben, und also machte sie sich auf den Weg.

Adele beruhigte Helen, und ein Weilchen später gingen sie beide zum Fenster und standen da und starrten mit leerem Blick auf die Straße. »Ja«, sagte Adele ernst und fest, »trotz alledem glaube ich noch immer an dich und mir liegt noch immer schrecklich viel an dir.« »Ich verstehe nicht, wie du das schaffst«, antwortete Helen. »Oh, nicht daß es mir möglich ist, manches von dem, was du tust, miteinander in Einklang zu bringen, obwohl ich mir ständig in Erinnerung rufe, daß es für die, die alles haben, einfach ist, die Irrtümer der weniger Begünstigten zu verurteilen.« »Ich kritisiere deine Zweifel nicht«, sagte Helen, »ich finde es selbst schwierig, mich mit meinen eigenen Handlungen in Einklang zu bringen, aber wie kommt es, daß du den Schmerz, den ich dir zufüge, nicht stärker übelnimmst?« »Liebste«, brach es ungestüm aus Adele heraus, »siehst du denn nicht, daß dies der Grund ist, weshalb ich immer so böse auf dich war, weil du so viel Wesens machst um das, was du ertragen mußt. Es ist keine Frage des Vergebens. Schmerz zählt nicht. Oh, er ist unangenehm genug, und der Himmel weiß, daß ich ihn hasse und fürchte, aber er ist nichts, woran man sich erinnern sollte. Es ist nur der Verlust an Vertrauen, der Verlust an Freude, der zählt.«

In der darauffolgenden Woche ständiger Wanderschaft, herrlichen Sonnenscheins, freier Gespräche und unkomplizierter Kameradschaft fühlte Adele, wie alle Spinnweben aus Herz und Hirn herausgeweht wurden. Beim fröhlich sich schlängelnden Auf und Ab in den toskanischen Hügeln und beschwingten Ausschreiten auf den heißen, staubigen Straßen wurden aller Schimpf und Schmutz und alle Bitterkeit hinweggebrannt. Sie selbst wurde wieder zur Verkörperung fröhlicher Zufriedenheit. Es war ihr bewußt, daß in Siena, wenn Mabel und Helen eintrafen, alles wieder von vorn beginnen würde, und sie beschloß, diese ungetrübte Zwischenzeit zu nutzen, um wieder in Ordnung zu kommen. In Gedanken versuchte sie sich die ganze Sache klar und leidenschaftslos vorzustellen.

Da kam es ihr in den Sinn, daß es möglicherweise eine zurückliegende finanzielle Verpflichtung war, die Helen dazu verurteilte, eher alles zu ertragen, als mit Gewalt Aufrichtigkeit in ihre Beziehung zu Mabel zu bringen. Sie entsann sich, daß sie, als sie Helen gerade kennenlernte, etwas von einer Verschuldung in beträchtlicher Höhe gehört hatte, die Helen eingegangen war. Sie entsann sich auch, daß Helen eines Tages in Rom als Antwort auf eine ihrer Bemerkungen eingeräumt hatte, sie wüßte, daß Mabel zunehmend scheinheiliger und selbstsüchtiger würde, sie selbst jedoch hätte es nie gespürt, denn ihr gegenüber sei Mabel in jeder Hinsicht immer überaus großzügig gewesen.

Adele brannte darauf, Helen unumwunden zu fragen, ob dies der wahre Grund für ihre Unterwürfigkeit sei, aber wie immer fühlte sie auch jetzt, daß Helen die offene Diskussion einer praktischen Angelegenheit nicht zulassen würde.
Für Adele war diese Entschuldigung für Helens Unterwürfigkeit die einzige, die stichhaltig schien. Denn irgendein anderer Grund außer Liebe oder einer früher eingegangenen Verschuldung war sicher nicht zu rechtfertigen. Es bestand zwar keine Aussicht, das herauszufinden, da Adele merkte, daß sie nicht den Mut hatte, die Frage zu stellen, aber sie fand doch reichlich Trost in dieser möglichen Erklärung.
Mit der Zeit trafen Mabel und Helen in Siena ein, und Adele sah sich der friedvollen Betrachtung alter Errungenschaften entrissen und vor die aufgebauschte Komplexität gegenwärtiger Schwierigkeiten gestellt. Schon bald verlor sie die Gesundheit und Fröhlichkeit ihrer friedlichen und sonnigen Woche und wurde wieder ruhelos und unglücklich. Die Situation war vollkommen unverändert. Mabel war noch immer unverschämt in ihrer Macht und Helen noch immer demütig gehorsam. Adele fand dieses Schauspiel ein zu starkes Stück, um es geduldig zu ertragen, und sie beschloß, noch einmal zu versuchen, mit Helen darüber zu sprechen.
Die Vorkehrung für einigermaßen lange Zeitspannen vertraulicher Ungestörtheit zu treffen, war jetzt vergleichsweise einfach, da sie zu viert und nicht mehr zu dritt waren.
Eines Abends machten alle vier einen Spaziergang, und bald war die Trennung herbeigeführt. »Du hast recht gut ausgesehen, als wir ankamen, aber jetzt bist du wieder ganz erschöpft«, sagte Helen, wie sie so standen und über die Mauern der Festung hinweg auf die Lichter in der Ferne sahen.

Adele lachte. »Was erwartest du auch bei eurer anregenden Gesellschaft?« sagte sie. »Aber du weißt ja, früher hattest du immer etwas gegen meine unangenehm jugendliche Genügsamkeit einzuwenden. Du solltest jetzt eigentlich zufrieden sein, und dabei siehst du wahrhaftig auch nicht gerade blühend aus. – Nein, es ist nicht besser geworden«, fuhr Adele mit sichtlicher Anstrengung fort, und dann platzte es heraus. »Liebe, begreifst du nicht, in was für eine erniedrigende Lage du sowohl dich selbst als auch Mabel bringst, wenn du den gegenwärtigen Kurs beibehältst? Schafft ihr es denn nicht, zu irgendeiner Art aufrichtigen Umgangs zu kommen? Jeden Tag vermehrst du Mabels Charakterfehler und erzeugst neue in dir selbst.« »Ich glaube nicht, daß das ganz zutrifft«, sagte Helen kalt, »ich glaube nicht, daß deine Behauptung ganz fair ist.« »Ich glaube schon«, antwortete Adele knapp. Sie gingen schweigend gemeinsam nach Hause. Sie waren noch vor den anderen auf dem Zimmer. Helen kam auf Adele zu, einen Moment lang, und riß sich dann los. »Ach, wenn sie nur glücklich wäre«, stöhnte sie. »Du irrst, du irrst entsetzlich!« platzte Adele wütend heraus und ließ sie allein.

Mehrere Tage ging Adele ihr aus dem Weg, denn sie konnte sich nicht dazu bringen, diesen letzten Vorfall durchgehen zu lassen. Der Ausruf »Wenn sie nur glücklich wäre« klang ihr unablässig in den Ohren. Er brachte die Anerkennung von Mabels vorrangigem Anspruch zum Ausdruck, was Adele unmöglich tolerieren konnte. Er machte ihr klar, daß letztlich im äußersten Moment doch Mabel Helens erster Gedanke war, und auf solcher Grundlage sah sie sich nicht bereit, den bisherigen Zustand aufrechtzuerhalten.

Endlich machte Helen sie ausfindig, und es fand eine teilweise Versöhnung zwischen ihnen statt.

Von nun an war es vergleichsweise einfach für sie, gemeinsam allein zu sein, denn in dem Maße, wie die Befangenheit zwischen ihnen wuchs, kehrten Mabels Höflichkeit und Großmut zurück. Ihr Umgang bei diesen Zusammenkünften bestand aus unpersönlichen Gesprächen mit langen Zwischenpausen lastenden Schweigens. »Warum sprichst du nicht mit mir?« rief Adele aus, vom Gewicht einer dieser Pausen erdrückt. »Mir fällt nichts ein, was ich sagen könnte«, antwortete Helen sanft.

»Es ist nur zu offensichtlich, was an jenem Abend in Florenz geschah«, sagte Adele nach einer langen Reihe dieser unbehaglichen Zusammenkünfte. »Helen hat nicht nur geleugnet, mich zu lieben, sondern auch versprochen, mir gegenüber in Zukunft keine Zuneigung mehr zu zeigen, und jetzt ist sie, wenn sie es tut und wenn sie es nicht tut, gleichermaßen beschämt, so daß die ohnehin verfahrene Situation nahezu unerträglich wird.«

Die Dinge verliefen weiter in dieser Art gleichmäßig fortwährenden Unbehagens. Helen behielt ihr andauerndes Schweigen bei, und Adele entwickelte eine zunehmende Empfindlichkeit gegen dieses Schweigen. Mabel wurde immer höflicher und umgänglicher und vertrauensvoller. Am Tag vor ihrem endgültigen Abschied unternahmen Adele und Helen gemeinsam einen langen Spaziergang. Ihr Umgang bestand, wie jetzt üblich, aus einer Reihe lastender Schweigepausen.

Als sie nun in die Stadt zurückkehrten, blieb Adele unvermittelt stehen und sah Helen an. »Sprich«, sagte sie, »liegt dir wirklich noch etwas an mir?« »Glaubst du, sonst wäre ich so lange hier in Siena geblieben?« antwortete Helen zornig. »Wirst du denn niemals lernen, daß nur die Fakten sprechen?« Adele lachte kläglich. »Du vergißt aber«, sagte sie, »daß es viele Fakten gibt, und es ist nicht leicht zu erkennen, was genau sie sagen.« Sie gingen noch eine Zeitlang weiter, und dann fuhr Adele mit sachlichem Urteil fort. »Nein, du irrst mit deiner Theorie dieser ganzen Schweigepflicht. Ich gebe zu, daß ich zuviel geredet habe, aber andererseits hast du nicht genug geredet. Du versteckst dich hinter deinem Schweigen. Ich weiß, du haßt Schlußfolgerungen, aber das ist nicht die richtige Einstellung. Nichts ist zu gut oder heilig für klares Denken und entschiedenen Ausdruck. Du haßt Schlußfolgerungen, weil du womöglich gezwungen wirst, sie zu ändern. Du machst dich eher noch so lächerlich, als daß du zugibst, daß auch du dich geirrt hast.«

»Es spielt wirklich keine Rolle«, sagte Helen an jenem Abend ihrer endgültigen Trennung, »in welcher Stimmung wir auseinandergehen, denn früher oder später, das weiß ich, werden wir sicher wieder gemeinsam empfinden.« »Wahrscheinlich«, antwortete Adele freudlos. Die letzten Worte der beiden waren bezeichnend. »Leb wohl«, sagte Adele, »ich liebe dich wirklich sehr.« »Und ich dich«, antwortete Helen, »obwohl ich nicht soviel darüber rede.« Viele Wochen lang gab es nun keine Verbindung zwischen ihnen, und Adele focht es mit ihrem Gewissen, ihrem Schmerz und ihrem Verlangen aus.

»Ich weiß wirklich kaum, was ich Dir sagen soll«, schrieb sie schließlich. »Ich traue mich nicht zu sagen, was ich denke, weil ich fürchte, Du findest das impertinent, und andererseits hege ich viel zu bittere Gefühle gegen Dich, um einen einfachen freundlichen Brief schreiben zu können.

Ach, Du weißt nur zu gut, was ich will. Ich will nicht, daß Du jemals wieder leugnest, daß Dir etwas an mir liegt. Der

Gedanke, Du könntest es wieder tun, nimmt mir allen Sonnenschein weg vom Himmel. Manchmal, Liebe, wünsche ich fast, Du würdest mir nicht so restlos vertrauen, weil ich dann vielleicht einigen Einfluß auf Dich hätte, denn jetzt, wie Du weißt, hast Du mein Vertrauen ganz bedingungslos, und da dies mehr als befriedigend für Dich ist, verliere ich jede Macht, Dir nahezukommen.«

Helen antwortete mit der Bitte, das Ergebnis ihres geduldigen Leidens während des ganzen Sommers nicht zu zerstören, und versicherte ihr, daß derartige Bedingungen nicht wieder entstehen könnten.

Adele las den Brief mit Ungeduld. »Hat sie noch immer nicht gelernt, daß Dinge nun mal passieren und sie nicht groß und stark genug ist, sich ihnen entgegenzustemmen«, rief sie aus. »Kann sie die Dinge nicht sehen, wie sie sind, und nicht, wie sie sie machen würde, wenn sie Kraft genug hätte, was sie eben nicht hat.

Ich fürchte, das kommt sehr nahe an den Zustand der Ausweglosigkeit heran«, stöhnte sie und ließ den Kopf auf die Arme fallen.

FINIS

24. Oktober 1903

Zu diesem Buch

»Das Lustige an diesem Roman ist, daß sie ihn viele Jahre lang völlig vergessen hatte. Sie erinnert sich wohl, daß sie bald danach begonnen hat, *Three Lives* zu schreiben, aber ihr Frühwerk hatte sie vollständig vergessen, hat es auch nie mir gegenüber erwähnt, selbst beim allerersten Mal nicht, als ich sie kennenlernte. Sie muß es gleich nach der Niederschrift vergessen haben. In diesem Frühjahr, gerade als wir aufs Land ziehen wollten, suchte sie ein Manuskript ihres Werks *The Making of Americans*, das sie Bernard Faÿ zeigen wollte, und da stieß sie auf zwei sorgsam geschriebene Bände, den vollständig in Vergessenheit geratenen ersten Roman. Sie wollte ihn gar nicht wieder lesen und war ganz scheu und ablehnend. Louis Bromfield war an jenem Abend bei uns, und sie übergab ihm das Manuskript und sagte, lesen Sie es.«
Der Öffentlichkeit wurde Gertrude Steins erster abgeschlossener Roman *Q.E.D.* – denn davon spricht die Autorin an dieser Stelle ihrer *Autobiography of Alice B. Toklas* (*Autobiographie von Alice B. Toklas*, Seite 100f.) – mit einigen Änderungen erst vier Jahre nach ihrem Tod übergeben unter dem Titel *Things As They Are*.
Was war 1903 zu beweisen (q.e.d.), das so völlig in Vergessenheit geriet und erst 1932 wieder zum Vorschein kam?

Seit Herbst 1893 studiert Gertrude Stein (1874-1946) in Harvard, ab 1894 Philosophie und Psychologie bei William James und Hugo Münsterberg. 1897 bricht sie ihr Studium ab und schreibt sich an der Johns Hopkins School of Medicine in Baltimore ein. Drei Jahre später gerät sie dort an eine Gruppe selbstbewußter Kommilitoninnen aus besseren Ostküstenfamilien, von denen sie – als Original – akzeptiert wird. Stein freundet sich mit May Bookstaver an und versucht, sie aus der Gruppe herauszulösen und der finanziellen Abhängigkeit von Mabel Haynes, die zu den tonangebenden Mitgliedern gehört, zu entziehen. Der Versuch scheitert. Stein versteht die Beziehung zwischen Bookstaver und Haynes nicht, aber sie will lernen, sagt sie naiv, und wird von Bookstaver ausgelacht. Sie ist schokkiert, aber sie läßt nicht locker. Als sie sich für den Sommer 1901 ihrem Bruder Leo in Europa anschließt, ist die Geschichte zwischen den beiden erst am Anfang. Bei der Rückkehr nach Baltimore legt sie ein paar Wochen Aufenthalt in New York ein. Sie hat ihre Prüfungen nicht bestanden, und damit ist ihr Studium an der Universität beendet. Es beginnt ein Jahr ziellosen Improvisierens. Die Anstrengung, Bookstavers Verhalten zu verstehen, bringt sie auf ein Modell, das sie später in *The Making of Americans* (deutsch 1989 *The Making of Americans*) wiederholt anwenden wird. Ein unverständlicher Charakter zerfällt danach in eine ganze Reihe verständlicher, einander widersprechender Charaktere, die ein intuitiv zu findendes Prinzip schließlich zu einer verständlichen Einheit neu zusammenschließt. Stein sieht sich in Opposition zu Bookstaver: dort die mutige Angelsächsin, die sich holt, was sie will – hier Stein, die eher betrachten, nachdenken, reden will, ohne sich selbst oder andere zu verletzen.

Im Frühjahr 1902 fährt Stein wieder nach Europa zu ihrem Bruder Leo. Sie hat sich eine Pause verordnet. Ein knappes Jahr später kehrt sie voller Heimweh zurück nach Amerika. Sie wohnt in New York. Die Geschichte mit Bookstaver tritt in ihre entscheidende Phase. Die Differenzen zwischen den beiden faßt Stein jetzt im Bild des unterschiedlichen timing, des unterschiedlichen Rhythmus. Voll entwickelt wird das Bild später in den letzten Kapiteln von *The Making* die Beschreibung von David Herslands Leben strukturieren. In New York beginnt die Arbeit an diesem Roman und damit Steins Arbeit als Schriftstellerin. Im folgenden Frühjahr fährt sie wieder nach Europa, sie braucht erneut Abstand, und noch einmal kehrt sie zurück, aber eine Versöhnung findet nicht statt. Danach verläßt Stein Amerika endgültig, um sich in Paris niederzulassen. Im Sommer 1903 trifft sie Bookstaver und Haynes zufällig in Italien, und wieder beginnt die Qual. Ein Ende macht Stein erst im Herbst mit der Niederschrift von *Q.E.D.* – unter Verwendung der Briefe, die zwischen ihr und Bookstaver gewechselt worden sind. Sie verändert die Namen. Aus Mabel Haynes wird Mabel Neathe, aus May Bookstaver wird Helen Thomas, Leo taucht als Cousin auf, sie selbst als Adele.

Die Geschichte wird Stein aber noch länger beschäftigen. Ein Jahr später schreibt sie *Fernhurst*. In dieser Studie wird dieselbe Konstellation durchgearbeitet, wiederum nach lebenden Figuren. (Fünf Jahre später wird der Text in das Martha-Kapitel von *The Making* integriert.) Im Frühjahr 1905 beginnt sie mit der Niederschrift von *Three Lives* (*Drei Leben*). In der längsten Geschichte dieses Buchs, »Melanctha«, kommt die alte Liebesgeschichte abermals zum Vorschein, Bookstaver steckt hinter der Figur von Melanctha, Stein hinter der eines schwarzen Arztes. Danach, 1906, nimmt sie *The Making* wieder auf, und als sie diesen Monumentalroman fünf Jahre später beendet, ist sie endlich bei sich, bei ihrem Stil, bei der ihr weiteres Leben bestimmenden Weltsicht angekommen. – Diese Angaben orientieren sich an der Einleitung, die Leon Katz zu dem

1971 veröffentlichten Sammelband *Fernhurst, Q.E.D., and Other Early Writings* beigesteuert hat, in dem *Q.E.D.* zum ersten Mal vollständig und ohne Veränderungen gedruckt worden ist.

Wie eng Gertrude Stein sich an die Tatsachen hielt, ist nicht mehr zu überprüfen. Alice B. Toklas, Steins Lebensgefährtin, hat die Briefe Bookstavers an Stein »in a passion« vernichtet. Nach dem Ende der Affäre zeigt Bookstaver übrigens Steins Briefe in Baltimore herum und macht sich vor anderen über sie lustig. 1906 heiratet May Bookstaver (1874–1950) Charles Knoblauch. 1908 versucht sie, *Three Lives* bei einem Verlag unterzubringen, und das Buch wird tatsächlich in kleiner Auflage von der Grafton Press herausgebracht, auf Steins Kosten. Um eine Veröffentlichung von *The Making* bemüht Bookstaver sich vergebens. Überliefert ist von ihr, daß sie eine aktive Feministin war und für Geburtenregelung eintrat. – Die weitere Geschichte der Ärztin Mabel Haynes, deren Lebensdaten unbekannt sind, hat Stein in »Regular Regularly in Narrative« in dem Buch *How to Write* (1931) beschrieben.

Die deutsche Veröffentlichung von *Q.E.D.* ist dem Andenken der Dichterin Marie-Anne Stiebel (geboren am 16. August 1914 in Zürich, gestorben ebenda am 13. Mai 1989) gewidmet. Bekannt geworden ist sie als die von Alice B. Toklas autorisierte Übersetzerin zahlreicher Bücher Gertrude Steins. Noch kurz vor ihrem Tod hat sie mit der Übersetzung dieses vergessenen kleinen Romans begonnen.

»Rose is a rose is a rose is a rose«
Gertrude Stein und ihre Welt

Gertrude Stein
Paris Frankreich

Persönliche Erinnerungen
Aus dem Amerikanischen von
Marie-Anne Stiebel
st 2594. 118 Seiten

»Schriftsteller haben zwei Länder, eines, wohin sie gehören, und eines, in dem sie wirklich leben ... um darin frei zu sein.« Die Amerikanerin Gertrude Stein erzählt in diesen persönlichen Erinnerungen von Paris, wie sie es als Kind, als Mädchen, als erwachsene Frau erlebte.

Gertrude Stein
Q.E.D.

Aus dem Amerikanischen von
Marie-Anne Stiebel und
Ursula Michels-Wenz
st 2595. 108 Seiten

Drei junge Frauen, die einander in Boston und New York kennengelernt haben, treffen sich viel später, als ihre Beziehungen bereits bis aufs äußerste gespannt sind, in Italien wieder. Gertrude Steins erster Roman ist schmerzliche Beschreibung eines erotischen Dreiecks und Schlüsselroman zugleich. Hinter Adele verbirgt sich Gertrude Stein, hinter Mabel und Helen zwei Freundinnen vom College.

Gertrude Stein für Minuten
Ein Lesebuch

Herausgegeben von
Ursula Michels-Wenz
Erstausgabe
st 2597. 120 Seiten

Gertrude Steins Bücher lesen heißt: sich einlassen auf Irritationen, auf schwankenden Boden und mitunter befremdlichen Spaß. Mit Kernsätzen und Passagen aus ihrem Werk bietet dieses Lesebuch Leserinnen und Lesern einen lohnenden und einfachen Einstieg, um die unverwechselbar originelle, mutige und menschenfreundliche Dichterin zu begreifen.

Gertrude Stein
Jedermanns Autobiographie

Aus dem Amerikanischen
von Marie-Anne Stiebel
st 2598. 354 Seiten

In »Jedermanns Autobiographie« ist alles enthalten, was zu Gertrude Stein gehört: die kleinen Hunde, das Autofahren, die Mode, das Reisen, das Fliegen, die Malerei und das Schreiben, Alice B. Toklas, die Maler-, Schriftsteller- und Verlegerfreunde, Paris und Amerika. Gertrude Stein zieht Bahnen zwischen den Dingen, zwischen Alltag und Kunst, Amerika und Europa, Moderne und Altem.

John Malcolm Brinnin
Die dritte Rose

Gertrude Stein und ihre Welt
Aus dem Amerikanischen von
Maria Wolff
st 1820. 432 Seiten

John Malcolm Brinnins fundierte Biographie über Gertrude Stein ist »das beste der bisher erschienenen Bücher, das beides, Miss Stein und ihr Werk, behandelt.«

Yale Review

Sylvia Beach
Shakespeare and Company

Ein Buchladen in Paris
Aus dem Amerikanischen
von Lilly v. Sauter
st 823. 250 Seiten

Sylvia Beachs amerikanische Buchhandlung in Paris war für ein Vierteljahrhundert literarischer Mittelpunkt der Stadt. Gertrude Stein gehörte ebenso zu ihren Kundinnen und Kunden wie Ezra Pound und Ernest Hemingway. Die gesamte ›Lost Generation‹ ging in den 20er und 30er Jahren in ihrer Buchhandlung ein und aus. In ihren Erinnerungen entfaltet die inspirierte und inspirierende Buchhändlerin eine anschauliche Kulturgeschichte zwischen den beiden Weltkriegen.